U0129305

話古今，說中外

—— 漢語的可能性世界

楊惠玲著

文史哲學集成
文史哲出版社印行

國家圖書館出版品預行編目資料

話古今，說中外：漢語的可能性世界 /
楊惠玲著. -- 初版 -- 臺北市：
文史哲,民 104.03
　頁；　公分（文史哲學集成；674）
　ISBN 978-986-314-249-2（平裝）

802.6　　　　　　　　　　104002433

文史哲學集成 674

話古今，說中外
── 漢語的可能性世界

著　　者：楊　　　　惠　　　玲
出　版　者：文　史　哲　出　版　社
　　　　　　http://www.lapen.com.tw
　　　　　　e-mail：lapen@ms74.hinet.net
登記證字號：行政院新聞局版臺業字五三三七號
發　行　人：彭　　　　正　　　　雄
發　行　所：文　史　哲　出　版　社
印　刷　者：文　史　哲　出　版　社
臺北市羅斯福路一段七十二巷四號
　　　　郵政劃撥帳號：一六一八○一七五
　　　　電話 886-2-23511028・傳真 886-2-23965656

實價新臺幣二二○元

二○一五年（民一○四）七月初版

ISBN 978-986-314-249-2　　00674

連　　序

　　本書從歷時和跨語言的觀點來分析漢語涉及可能世界的模態詞。模態詞論理上涉及可能的世界，即使必然的模態詞也可視為涉及全稱的可能世界。模態詞或表示語者對事態主觀的判斷，即認識型模態詞，或傳達交談者間的施為宰制關係，即義務型模態詞，或表達施事自身的動能，即動態能力型模態詞。可能型模態詞雖有可能義貫穿其中，但認識義、義務義、動能義又和句中其他成分有密切關係、在時間的推移中，各個語言所演化出的模態詞往往形成形義不對稱的現象，要理解各個模態詞的用法和語意，非得辨識它在句中和其他成分的關係不可。各個語言模態詞詞彙化的結果不盡相同，構成跨語言學習上的挑戰。本書的緣起即是幫助克服這些可能的障礙。內容深入淺出，平易近人，循序漸進，抽絲剝繭，處處列舉實例，輔以提綱挈領的解析，讀者很容易化解疑團，進而掌握其要領。

　　作者以豐厚的教學心得做後盾，透過中英對比分析，點出非母語者學習華語所可能犯的錯誤，並提供解決之道。模態詞中動前的「會」、「能」、「可以」和動後的「得」都有一詞多義的現象，前加否定詞「不」，形成更豐富的形義多重關係的格局。模態詞用法的釐清不但和動相類型密不可

分，也與句子的語氣（如直陳、疑問、假設、感嘆等）有互動關係。本書多處以句子為本來捕捉模態詞的語義及其用法，反映出作者獨具匠心和洞見。本書重點雖是共通語華語，但並不忽視本土語言的研究，特別舉出閩客語相應的模態詞，加以對照，分析華語和閩客語之間的異同，更能反映出華語的特性。

　　現代華語單音節模態詞單看語義常捉摸不定，不利於彼此的溝通，因而語詞趨向於雙音節化，以彌補這樣的缺憾。作者因而另闢一章，從構詞的角度專論含「會」、「能」、「得」的語詞，有系統的彙整這類雙音節詞及其他同形的詞彙，相當有助於學習。為了引發讀者的興趣，還在第七章配置一系列的問題，其中包括複合詞的分析、模態詞的辨析與語料分析，讓讀者透過解題來實踐並檢驗所習得的是否確實。本書不僅適合華語教學和自我學習，且對一般大學生、研究生、中文教師和文科學者若能人手一冊，也必將大有助益。

連金發

國立清華大學語言學研究所講座教授

謝　　序

　　欣聞惠玲教授華語語言學大作出版，個人十分高興，也給予萬千祝福。

　　結識惠玲教授是在一年前，比較了解惠玲教授則是來金門之後、與惠玲教授同事的這半年。惠玲教授為人熱心，待人處事尤其謙和，不喜與人爭執，而專注於學術研究與教學領域，在現今的大學環境是極為少見的優秀學者。惠玲教授研究態度極為認真，在金門大學華語系的教學更是投入，經常廢寢忘食，為學生及課程付出極大的心力，也讓旁聽者為他的身體捏把冷汗。很高興能看到惠玲教授將教學及研究的努力集結成書，語言學是華語教學中的核心學科，對華語教學來說，跨域、跨語言的研究思考，結合教學實務的實踐觀察，最能符應華語教學要求的理論深度與實務導向性。因此，惠玲教授以語言學學者的高度學識，針對以華語模態詞為主進行研究，在跨語言的深度思考外，也同時顧及華語的教學應用而有專章加以論述，是現今華語教學語言學領域極為少

見的學術專著。個人在語言學方面僅淺嚐而止，學術研究也
十分有限，惠玲教授囑咐我為他的新書寫序，管窺蠡測，心
中其實惶恐，但也十分欣喜。身為惠玲教授的同事與朋友，
能看見惠玲教授在學術有卓越成果，有萬般的敬意與期待，
相信必定在華語教學發揮具體廣泛的影響。

謝奇懿
國立金門大學華語文學系系主任

自　序

　　曾幾何時我的研究興趣從英語轉移至漢語，開始關注中文的「小字」（語法化之後的功能詞），從「被」一路到否定詞，繼之為時貌詞與模態詞。這些小字為數雖不多，但功能既多且廣，是近年語言學領域的新寵，特別是歷史語言學與類型學領域。在華語文教學領域，語法教學難點也都是這些看似不起眼的小字，華語為母語之人士難以體會是很自然的，有母語優勢的我們，可能流於習焉而不察。

　　一直很想將我的語言觀察心得寫成專書。最初的想法來自留學階段的衝擊，姑且稱之為 "language" shock 吧！初到新地，外出難免問路，有次電話問路，對方回應：…you wanna make a right at University Drive，當下不解為何對方「要」我在某處右轉。第二人稱對著第一人稱，說第一人稱「要」如何，用在方向指引的對談當中，總覺不是那麼自然。另一次聽到：You're going to want to turn left at College Ave.，當初也沒想太多，只覺自己似乎沒學過 want 的此類用法。若硬用中文思考，翻成：你「會要」或「將要」在某處左轉，聽起來也彆扭。在英語系國家求學，用英文追求知識，雖不再「研讀」英語，這些真實的語言卻一直留在我的腦海中。直到就讀博士班，在教學助教辦公室常聽同事說："I like your writing, but I would do（this）and（that）.＂，在書信往返中也常看到 It'd be better...。關於 will 的條件使用。這些用模態詞表達「（如果我是你，）我會這麼做，繼而希望你這麼做」的概念逐漸強化。也曾被默默地糾正：當我詢問 Can you get me some water?，對方回應以 Yes, I can.卻絲毫不作動作，直到我改口說 Could you...，言語溝通才算完成。日益感受模態詞的「魔力」。多年後閱讀一篇學術論文，提及英語非母語人士不當使用 You "must" do this 所造成的誤解，給了我另一個啟發：在我的英語學習歷程中給予模態詞的關注似乎不夠多。

留學的最後一年開始頻繁地接觸中文教學與學習中文的「外國人」（留學的才是「外國人」吧）。某日聽到一位高階中文學習者說出「天鵝可以飛」此一病句，我暗自記了下來（這可能是不少語言學研究者共通的職業病之一）。透過他的母語－英語，推敲錯誤的可能由來，顯然英漢兩語仍存有不少相異之處。心想若要讓其他中文學習者明白「會」飛的天鵝，我得有系統地說出「會」和「可以」如何不同。在旁聽中文課時，聽見以下師生對話，也相當有趣。老師問：「星期五要考試嗎？」（因週五是固定的考試日），學生回應：「不要」。原來老師才教「將要」，學生已經自己學會了「不想要」。顯然模態詞對於中文為外語（亦稱華語或對外漢語）的學習者來說，也是一大挑戰。

回台灣之後，開始教起漢語語言學相關課程，因著語言學的訓練，積極串聯詞彙與語法教學，讓學生更了解自己每天使用的語言。在師生互動中引發更多靈感，分析文本中的模態詞之構想應運而生，也讓我更積極思考著手一本關於漢

語模態詞的教材。同時，在英語授課中發現學生經常誤用模態詞，因著過往經驗與啟發，決定加入漢英對比分析（comparative analsysis）的成份。

本書論述在臺灣較常接觸的三種漢語分支語言（華語、閩南語與客語）表示可能性之模態詞，同時也涵蓋了中文歷史材料與英語相關用法。書中提供許多例句並加以分析說明，也努力以最簡潔的方式呈現。除了語言學相關概念，同時匯整了語言習得和語言教學研究，希望能進一步拉進學術研究與語文教學實務之間的距離。

本書的完成受惠於許多語料庫資源（特別是「中文詞彙網路」與「搜文解字」），在此致上萬分謝意。對於專書審查委員所提供的寶貴意見，感懷在心。也非常感謝文史哲的信任與耐心。疏漏與訛誤，責在作者，尚祈不吝賜教。

楊惠玲 謹誌於國立金門大學
二〇一五年

話古今　說中外

── 漢語的可能性世界

目　　次

前　言

　　將本書定名為「可能性的世界」（The World of Possibility）乃因我們所要討論的主角 —— 可能性模態詞表達的就是可能性（possibility）。本書第一章先定義模態詞，第二章起討論漢語的可能性模態詞。第二章首先介紹三個漢語方言（共通語、閩南語與客語）的相關用法。[1]第三章為漢語模態詞的歷時與共時分析，第四章討論教學應用相關議題，並彙整語法書與近期相關研究成果。第五章討論漢語模態詞的否定，第六章提供相關字的詞彙分析，最末章為綜合練習。本書探究英語及三個漢語分支（華語、閩南語、客語）模態詞之使用，彰顯跨語言之共通性，同時也說明殊異之處。

　　在開始閱讀之前，我們請讀者思考以下問題：

問題一：請思考以下四句的差異。

　　他終於說話了。
　　他終於能說話了。
　　他終於會說話了。
　　他終於可以說話了。

1　這裡的方言在西方語言學通常定義為個別語言或語種（varieties），漢語方言的英文對應詞為 Sinitic languages。共通語在台灣地區普遍稱為國語。

問題二：第二至第四句較第一句多出的成份是什麼？

問題三：多出的成份造成何種語意差異？

第一章　概　述

　　本章首先介紹模態義與相關議題，我們接著說明模態的標記機制。第三節概述模態詞的分類，適用於跨語材料；第四節介紹模態詞的兼類現象。

第一節　模態義

　　模態（modality）為語言中的要素。在日常生活中我們賴以表達揣測、容許或意願等的語言成份就是模態。模態義與事件發生的可能性或必然性有關，涉及說話者對於這兩類事件的態度與觀感。當我們詢問「明天可能下雨嗎」，當聽者回應「明天應該不會下雨」或「明天肯定會下雨」，都有模態語義的參與。

　　模態詞（modal）或稱情態助動詞或能願動詞。朗文當代英語字典對於 modal 的定義為：

Modal meanings are concerned with the attitude of the speaker to the hearer or to what is being said.（模態義關乎說者對於聽者或之於所言之事的態度）。[2]

---

2 朗文當代英語字典 The Longman Dictionary of Contemporary English. http://www.ldoceonline.com/

　　根據 Merriam-Webster 字典，modality（模態）的定義如下：[3]

> *the classification of logical propositions according to their asserting or denying the possibility, impossibility, contingency, or necessity of their content*
>
> （為邏輯命題的分類，係依據命題確認或否認事情的可能性、不可能性、偶發性或必須性而定）

　　模態意義或模態詞向為有趣的研究議題，其中一個議題是它的多用途性。如例句（1）至（4），相同的模態詞，英文 *can*，可出現於不同的情境。[4]有些作者，如 van der Auwara and Plungian（1998），區分第（2）與第（3）句，分別用 participant-internal（參與者內部）和 participant-external（參與者外部）來解釋。

（1）*He **can't** be in his office now.*（epistemic: showing probability 認識可能義）
（2）*He **can** run a mile in five minutes.*（dynamic: he has the ability）動態能力義
（3）*He **can** escape.*（dynamic: the door's not locked）動態義（因門未上鎖）
（4）*He **can** go now.*（deontic: I give permission）道德允許義

---

3 Merriam-Webster 線上版英英字典
　http://www.merriam-webster.com/
4 英文句取自 Palmer（2001: 10），但分類係根據 van der Auwera and Plungian（1998）。中文為作者所譯。除特別提及之外，本章中文均為作者所譯。

　　上述現象也存在於中文。在對等的譯句（5）至（8）中，可觀察到中英文的殊同。英文的 *can* 究應對應為中文的「可能」或「可以」，甚為例（9）所列的「會」呢？本書後續將提供思考方向。

（5）他現在不<u>可能</u>在辦公室。
　　'He can't be in his office now.'
（6）他五分鐘內<u>可以/能</u>跑一英哩。
　　'He can run a mile in five minutes.'
（7）他<u>可能</u>逃跑。
　　'He can escape.'
（8）他<u>可以</u>走了。
　　'He can go now.'
（9）他<u>會</u>說英語。
　　'He speaks English.'

　　關於模態的第二個議題是錯誤比對。由於跨語間的差異，中文學習者可能造出如例（10）這種病句。如例（11）所示，另一個模態詞「會」取代「可以」才符合例（10）的情境。[5]換言之，英文運用 *can* 或現在簡單貌表達泛指或通指，中文的對等用法為「會」。英文的 *can* 雖可譯為「可以」，然而中文的「可以」不適用於總類（generic）的用法。

（10）#天鵝可以飛。
　　#'Swans are allowed to fly.'
　　欲表達'Swans can fly.'或'Swans fly.'
（11）天鵝會飛。

─────────────
5　凡加註井號（#）之例句表不符語用（pragmatically odd）。

'Swans can fly.'或'Swans fly.'

　　模態詞的另一個議題是該用而未用。譬如，「會」在例（12）的答句中是不能省略的。[6]然而，對中文為外語的學習者而言，這種病句不難發現。

（12）A：你明天要參加她的派對嗎？
　　　　　'Are you going to her party tomorrow?'
　　　　B：我＊（會）去。
　　　　　'Yes, I will be going.'

　　還有個與語言接觸或有關係的議題。二語或外語學習者經常碰到此類問題。例（13）中「不行」的用法被視為不標準的華語，在規範上必須以表禁止之「不能」或「不可以」來取代，如例（14）。此類用法常見於台灣共通語華語，有人認為此乃因受到台灣閩南語之影響。

（13）＊他<u>不行</u>這樣。
　　　　'He can't do this.'
（14）他<u>不能/不可以</u>這麼做。

　　然而，「不行」卻可用於如例（15）之答句。值得注意的是，原本使用於書面體的模態詞「無法」，可出現於口語層，如例（16）。當今台灣年輕的一代開始流傳於口語表達中，有人認為此說法源自閩南語 *bo-huat-too*（無法度），表

6　凡加註星號之例句表不是合法句子（不符語法）或非規範式用法。標示「我
　　＊（會）去」，表示：若省略「會」，句子將不合法。

沒辦法、沒能力，如例（17）。[7]

（15）A：我<u>可以</u>去打籃球嗎?
　　　B：<u>不行</u>/不可以/不准。
（16）A：明天打籃球嗎？
　　　B：<u>無法</u>，明天太忙。
（17）Tsin pháinn-sè, guá <u>bô-huat-tōo</u> kā lí tàu-sann-kāng.
　　　真歹勢，我無法度共你鬥相共。
　　　（真不好意思，我沒辦法幫你。）

　　以上我們可看出同樣為 SVO 語言的英語與中文，模態詞都出現在動詞之前，然而還是會發生偏誤使用。[8]模態詞之使用的確值得我們關注。以下我們將從跨語的現象開始說起。

第二節　模態標記

　　不同語言採用不同的機制來表達模態義。根據 Nuyts（2005: 15），英語以語法助動詞（grammatical auxiliary），同時也採詞彙（lexical）方式，如副詞、形容詞和主要動詞，來表達模態義。表1整理自 Nuyts（2005: 15）和 Portner（2007: 154）兩位作者之分類，顯示英語表模態義的詞相當地多，且以不同詞類呈現。[9]

---

7 例句來自教育部《台灣閩南語常用詞辭典》線上版。
8 SVO 表主語-動詞-賓語的語序（word order）。
9 本節表格的中文部份，除非特別說明，均為筆者所譯。

表 1　英語中表達模態的詞彙

	dynamic 動態義	deontic 義務義	epistemic 認識義
adverb 副詞	possibly; necessarily	（had）better; unfortunately	maybe; certainly
predicative adjective 謂語形容詞	be able	be compulsory; be advisable	be probable; be certain
main verb 主要動詞	hope; deplore	require	think; believe
noun 名詞	possibility	necessity	possibility

　　表 2 顯示九個英語中心模態詞（central modals）之用法，整理自 Depraetere and Reed （2006）和 Li （2003）。[10] 類模態詞（semi-modals），如 have to、ought to 與 need，則未列入。

表 2　英語的模態詞與模態類型

modals	Examples
can	（a）They say Bill **can** cook better than his wife.（能力; p48） （b）**Can** they be serious?（不確定性; p44） （c）Even though this is my rock you **can** use it sometimes.（允許; p55）
could	（d）**Could** you please make less noise?（能力; p49） （e）There **could** be something wrong with the light switch.（不確定性; p44） （f）You **could** answer these letters for me.（允許; p56）
may	（g）You **may** be right.（不確定性; p43） （h）You **may** borrow my bicycle if you wish.（允許; p53）
might	（i）Of course, I **might** be wrong.（不確定性; p43） （j）You **might** try nagging the Abbey National again.（允許; p54）
will	（k）John **will** be in his office now.（可能; p47） （l）Why **won't** anyone believe them（願望）&
would	（m）I think it **would** be Turner as well.（可能; p47） （n）**Would** you get the Fairground Attraction album （on CD） for me?&

---

10 例句取自 Li（2003）者加註頁碼如 p48，取自 Depraetere and Reed (2006: 276-277)的例子因較少，僅以&標記。

shall	（o）*We shall be away on holiday for a fortnight from Wednesday 29 August.*（可能）& （p）*You **shall** do exactly as I say.*（允許; p61）
should	（q）*The letter **should** be in the mail.*（可能; p46） （r）*Did you know that smiling might make you feel better? Read our article on why you **should** smile to find out even more interesting facts!*（必須）& （s）*The floor **should** be washed at least once a week.*（義務; p62）
must	（t）*The Smiths **must** have a lot of money.*（可能; p45） （u）*To be healthy, a plant **must** receive a good supply of both sunshine and moisture.*（必須; p51） （v）*You **must** be back by ten o'clock.*（義務; p58）

第三節　模態義的分類

誠如 Nuyts 所言，模態義的分類相當複雜，也很難精確劃分。

"There is no unanimity regarding what the list of participating categories should look like" and also "no unanimity about each of the [categories] should be characterized in detail"（Nuyts 2005: 7）.

即便同一作者也可能採取不同觀點，如表 3 所示，Palmer 早期的（Palmer 1974: 100-103）和後期的（Palmer 1990: 36）在歸類上便有所差異。表 3 中間欄的三項為 Palmer（1990）的三個模態詞次系統，即 epistemic 認識義、deontic 義務義、dynamic 動態義，常為語言學界所採用。

表 3　Palmer **對於模態義的歸類**[11]

Palmer （1974）	Palmer （1990）	
epistemic 認識性	epistemic 認識義	opinions of the speaker 說者的意見
discourse-oriented 言談導向	deontic 義務義	attitudes of the speaker 說者的態度
subject-oriented 主語導向	dynamic 動態義	the ability or volition of the subject 主語的能力或意願

　　Palmer （2001）進一步將事件模態（*event* modality）與命題模態義（*propositional* modality）區分開來，如表 4 所示。

表 4　Palmer（2001）**的模態義分類**

Palmer （2001）	
evidential 言據性 epistemic 認識型模態義	propositional 命題
deontic 義務型 dynamic 動態型	event 事件

　　以下說明三個次類：epistemic 認識義、deontic 義務義、dynamic 動態義。我們排除了言據性（evidentiality）模態義。

一、認識型模態義

　　如 Nuyts （2006: 6）所言，認識型模態義（epistemic modality）指的是，事件狀態在這個世界發生機率之估計；"the estimation [of] chances that the state of affairs applies to the

---

11 整理自張正雄（1999）；中文為作者所譯。

world"。底下提供兩個例子。其中，例（18） 的 *will* 是模態詞，而例（19）的 *maybe* 是副詞。

（18）*Someone is knocking at the door. That **will** be John.*
　　　有人在敲門，那人是約翰。
（19）*This manuscript is damned hard to read. **Maybe** some more light can help.*
　　　這個手稿超難讀，燈光亮些也許有所幫助。

　　Palmer （2001: 8）對於認識型模態義的定義為：說者表達對於命題的事實狀態之判斷；"speakers express their judgment about the factual status of the proposition"。比方說 *may* 和 *must* 在（20）和（22）都是模態詞，前者表達可能性（possibility），後者表達必須性（necessity）。Palmer（2001: 7）指出，說者對於"that Kate is at home"（Kate 在家）的命題，透過邏輯形式，即例（21）與例（23），更加清楚表達。

（20）*Kate **may** be home now.*
（21）*It is possible/possibly the case **that Kate is at home now**.*
　　　Kate 現在可能在家。
（22）*Kate **must** be home now.*
（23）*It is necessarily the case **that Kate is at home now**.*
　　　Kate 現在必定在家。

二、義務型模態義

　　就 Nuyts（2006: 4-5）來說，典型的義務型模態義代表

說者在言說過程中之於事物狀態的道德偏好程度；"the degree of moral desirability of the state of affairs expressed in the utterance, typically, on behalf of the speaker"。Potner（2007: 154）以道德上好的可能性世界（"the morally good possible worlds"）來指涉義務型模態詞 *must*。也有人將 deontic modality 譯為道德模態。

根據 Kratzer （1978: 111）和 Palmer （1986: 96-97），這個次系統包括兩類：允許（permission）以及義務（obligation）。以下例子來自 Palmer（2001），他們的邏輯形式在英文中透過介詞加不定式即 for....to V 來表達，如例（25）與例（27）。

（24）*Kate **may** come in now.*（允許）
（25）*It is possible **for** Kate to come in now.*
　　　Kate 現在可以進來。
（26）*Kate **must** come in now.*（義務）
（27）*It is necessary **for** Kate to come in now.*
　　　Kate 現在必須進來。

文獻上也常見另外兩個名詞：指役（*directive*）與允諾（*commissive*）。Palmer（2001: 70-71）的義務型模態義包括以上兩類。事實上此兩項也有重疊之處。根據 Searle （1983: 166），指役模態義指的是我們試圖讓他人做事所用的詞語；*directives* are expressions/words by which "we try to get others to do things"。指役模態義包括允准（*Permissive*）與義務（*Obligative*）。Palmer（2001: 72-73）所用的允諾模態義

（commissive）乃源自 Searle（1983: 166）的我們承諾從事
之事；where we commit ourselves to do things"，例句如下：

（28）*John **shall** have the book tomorrow.*
　　　John 明天應該會有這本書。
（29）*You **shall** do as you are told.*
　　　你應該按指示行事。

三、動態型模態義

　　Nuyts （2006: 3）將動態能力模態義（dynamic modality）
定義為：子句主語參與者的能力歸屬；"an ascription of a
capacity to the subject-participant of the clause"。以例（30）
為例，形容詞 able 用以表達動態能力。Palmer（2001: 10）
認為動態能力義為相關的個體內部（internal）的條件因素，
此概念對應於義務義的外部（external）。他也將意願義
（volitional）列入動態模態詞，如例（31）與例（32）所示。

（30）*Pete is perfectly **able** to solve this problem if he wants to.*
　　　Pete 要是願意的話，他是很有能力解決此問題的。
（31）John **can** speak English.（abilitive　能力）
　　　John 會說英文。
（32）John **will** do it for you.（volitive　意願）
　　　John 會幫你做此事。

四、綜合說明

　　模態義的專有名詞不只前述所列。根據 Nuyts（2006:

7），Hofmann（1976）和 Coates（1983）採用根模態義（root modality）來涵蓋義務及動態型模態義，以相對應於認識型模態義（epistemic）。又 Palmer （1986）將意願義（volition）與意向（intention）列為義務型（deontic）的次類，但 Palmer（2001）又將此二項列在動態型之下。以下句子來自 Nuyts（2006: 9），分別表達上述兩概念。

（33）*I **want** you to tell the truth.*（volition 意願）
　　　我要你說實話。
（34）*I promise I **will** never lie to you again.*（intention 意向）
　　　我答應不再對你撒謊。

　　學者如 van der Auwera and Plungian（1998）將模態義分為可能性（possibility）與必須性（necessity），但不處理意願義。他們在每個大類之下再劃分為參與者內部（participant-internal）與參與者外部（participant-external）。根據他們的定義，前者指的是可能性或必須性之於參與者從事的事件狀態是內部的；"*a kind of possibility or necessity internal to a participant engaged in the state of affairs*"。後者所指為狀況之於參與者而言是外部的；"*circumstances that are external to the participant ...engaged in the state of affairs and that make this state of affairs either possible or necessity*"（van der Auwera and Plungian, 1998: 80）。例句如下：[12]

---

12 例（37）與例（38）雖為外部，但非義務型。

（35）*Boris **can** get by with sleeping five hours a night.*
　　（可能性；內部）
　　Boris 一晚睡五個小時過得去。
（36）*Boris **needs** to sleep ten hours every night for him to function properly.*（必須性；內部）
　　Boris 每晚得睡上十個小時才能正常生活。
（37）*To get to the station, you **can** take bus 66.*
　　（可能性；外部）
　　到那一站，你可搭 66 路公車。
（38）*To get to the station, you **have to** take bus 66.*
　　（必須性；外部）
　　要到那一站，你得搭 66 路公車。

　　我們按以上分類，將英語的模態詞整理如表 5 所示。右兩欄為大項，最左欄為次分類。表中標示粗體者，為該項主要的模態詞（prominent markers）。[13]

表 5　英語模態詞分類

	possibility 可能性	necessity 必須性
epistemic 認識型	*may; can*	*must; should; will;*
participant-internal 參與者內部	*can*	*need　(to) ;*
participant-external （non-deontic） 參與者外部（非義務型）	*can; may*	*have to; must,*
deontic 義務型	*may*	*must;　should;　shall; ought to*

---

13 資料整理自 Li（2003: 64）。

　　表 5 的兩大類即可能性與必須性系統，我們分別稱為可能性的世界（the world of possibility）與必須性的世界（the world of necessity）。本書聚焦於「可能性的世界」。回顧前述各節，模態詞的可能性世界包括可能性（possibility）、能力（ability）與允准（permission）三大類，再細分為：認識、參與者內部動態、參與者外部動態及義務型等四次類。[14]

第四節　模態詞的兼類

　　討論完模態義的分類與定義之後，接著觀察模態詞的多義性。以英語為例，在可能性的系統下，*can* 與 *may* 幾可互換，如表 5 第二欄所示，雖然 Collins（2009）認為美語有以 *may* 取代 *can* 做為義務類模態詞之趨勢。

　　英語模態詞 *can* 可出現在以下四種情境中（Palmer 2001: 10），例句重複如下以說明中英對比。我們發現例（1）至（4）中 *can* 對應的中文模態詞可能不盡相同，包括「能」、「可能」與「可以」。

　　Epistemic　認知類
（1）*He **can't** be in his office now.*
　　他現在不<u>可能</u>在辦公室。

14　分類按 van der Auwera and Plungian（1998）

Dynamic; participant-internal　動態，參與者內部
（2）*He **can** run a mile in five minutes.*

他<u>可以/能</u>在五分鐘之內跑一英哩。

Dynamic; participant-external; non-deontic　動態，參與者外部，非義務類
（3）*He **can** escape.*

他<u>可能</u>逃跑。（在某種狀況之下他是能夠逃跑的）

Permissive; participant-external deontic　允准，參與者外部類，義務類
（4）*He **can** go now.*

他<u>可以</u>離開了。

英語的 *may* 也有相當的彈性，如下例所示。[15]進一步觀察，例（39）至（42）中的 *may* 所對應的中文模態詞也不同。

Epistemic　認知類
（39）*John **may** have arrived.*

他<u>可能</u>抵達了。

Dynamic; participant-internal　動態，參與者內部類
（40）*She deals with it as best she **may**.*

---

15 例句取自 van der Auwera and Plungian（1998: 90）。

她盡己所<u>能</u>處理某事。

Dynamic; participant-external; non-deontic 動態，參與者外部，非義務類

（41）*To get to the station, you **may** take bus 66.*

你<u>可/可以</u>搭 66 號公車到車站。

Deontic 義務類

（42）*John **may** leave now.*

約翰現在<u>可以</u>離開了。

學者如 Cook（1978）甚至將 *can* 與 *may* 區分為數類，如表 6 所示。[16]表 6 所示大抵與表 5 相同，表 6 的 can_1 與 may_2 對應表 5 中間欄第二列，即可能性世界的認識型模態詞。表 6 的 can_2 與 may_2 對應於表 5 中間欄第五列與最末列。至於 can_3 則屬於參與者內部的模態義，對應於表 5 中間欄第三列。

表 6 英語 *can* 與 *may* 的語意分類

	Episdemic 認識型	Root modals 根模態	
meaning	Possibility 可能	Permission & Obligation 允准與義務	Ability（know how）能力
can	$can_1 =$ be possible	$can_2 =$ be permitted	$can_3 =$ be able to
may	$may_1 =$ be possible	$may_2 =$ be permitted	

---

16 摘錄整理自陳玉華(1999: 34)表 2-3。

　　接下來的各章討論漢語的模態詞。第二至五章討論模態詞的字義、語法。第六章屬於構詞層面，分析與模態詞同形的字如何構成合成詞，並論述這些詞與模態詞之間的語意關聯。第七章為練習，最末章為總結。

第二章　漢語可能性模態詞

　　漢語如何表現可能性模態義呢？以下區分為三大類來說明：認識類、動態能力類與義務類。

第一節　認識型

　　首先觀察第一類模態詞：認識型。本書所討論的三個漢語分支語均採用單音節的模態詞表達模態義，分別為共通語的 *hui*、閩南語 *e* 和客語 *voi*，如例（43）。

（43）　suishi　　**hui**　xia　yu. 共通語
　　　　sui-si　　**e**　　loh　hoo. 閩南語
　　　　sui-shi　**voi**　log　shui. 客語
　　　　隨時會下雨。

　　以上所稱共通語在台灣稱為國語，對外教學稱之為華語。台灣閩南語或稱台語，客語或稱客家話。我們的標音按一般習慣，共通語採漢語拼音，閩南語及客語則按照台灣教育部建議的羅馬標音方案。客語的語料來自海陸腔發音人。

第二節　動態能力型

接著談動態能力義的用法，首先看動詞。共通語的「會 *hui*」可充當動詞，因此將例（44）省略動詞「說 *shuo*」而單獨使用「會」，句子也合法（grammatical）。

（44）　ta　**hui**　（shuo）kejiahua. 共通語
　　　　他會（說）客家話。

然而，在當代的台灣閩南語中，對應用法的模態詞，無論「解 *e*」或其否定「袂 *be*」似乎不作動詞使用，語料庫無類似例（45）的用法。[17]無獨有偶，*can* 在當代英語也失去了動詞性，無例（46）的說法，跨語發展方向一致。

（45）*i **e/be** keh-ue.　共通語
　　　他會（說）客家話
（46）*He can Hakka.*

例（47）為漢語三語的能力義動詞。客語與華語表能力的模態詞有異於英語及閩南語。後兩個語言的模態詞（分別為 *can* 及 *e*）整體來說，已無動詞用法。閩南語使用雙音節

---

17 一般認為閩南語否定詞 *be* 為 *m* 與 *e* 之合音字，*m* 經去鼻化（denasalization）而成為濁音 *b*。

詞 *e-hiau*（「解曉」）作為表達動態能力之動詞；客家話的 *voi* 與華語的會 *hui* 用法相近，然而客語除了 *voi* 之外，還使用雙音節的 *hiau-ded*（「曉得」）作能力義動詞。

（47）　ta　**hui**　　　kejiahua. 共通語
　　　　 i　 **e-hiau**　　kheh-ue. 閩南語
　　　　 gi　**voi**　　　hag-fa.　客語
　　　　 gi　**hiau-ded** hag-fa.　客語
　　　　 他會客家話。

　　　例（48）為例（47）的否定。三語採用不同的否定詞：共通語用 *bu*，閩南語用 *be*，客語用 *m*，然語序一致，否定詞均出現在動詞前方，一般分別書寫為不、袂、毋。

（48）　ta　**bu-hui**　　　kejiahua. 共通語
　　　　 i　 **be-hiau**　　 kheh-ue. 閩南語
　　　　 gi　**m-voi**　　　hag-fa.　客語
　　　　 gi　**m-hiau-ded** hag-fa.　客語
　　　　 他不會客家話

　　　以上為動詞的用法，現在來看能力義模態詞。閩南語採用 *e-hiau*，客語用 *voi* 或 *hiau*（*-ded*），共通語採單音節的會 *hui*。這些詞都對等於英語的 *can*。

（49）　ta　**hui**　　　　　　　shuo　kejiahua. 共通語

i	**e-hiau**	kong	kheh-ue.	閩南語
gi	**voi/hiau/hiau-ded**	gong	hag-fa.	客語

他會說客家話。

值得注意的是，客語的 *hiau*（曉）的意涵有別於閩南語或共通語。「曉」在後兩個語言中不單獨出現，例句如（50）。共通語雖用雙音節詞「曉得」，但意思卻與前述例句客語的 *hiau-ded* 不同，如（51）所示。後續我們將探討「解」、「會」、「曉」、「得」這些詞之間的關係。

（50）　*i　**hiau**（曉）　kong　kheh-ue. 閩南語

　　　　*ta　**xiao**（曉）　shuo　kejiahua. 共通語

　　　　他會說客家話。

（51）我曉得這件事。共通語

第三節　義務型

最後一類可能性模態詞屬於義務類。共通語的「會」不可用於此類，雙音節的模態詞「可以」方屬此類，如例（52）所示。同樣地，客語的 *voi*（會）也不用以表達義務模態義，*sii-ded*（使得）才屬此類。閩南語仍採 *e*（解；會）作為義務型模態詞的詞根，如例中所示的 *e-sai*（解使）；其他如 *e-ing*（解用）或 *e-tang*（解當）就某種程度而言，與 *e-sai*（解使）可相互替換。

（52） ni   ***hui/keyi**   likai   le.   共通語

li   **e-sai**   li-khui   ah.   閩南語

ngi ***voi/sii-ded** hang-koi leh. 客語

你可以離開了。

由上文可推敲，可、以、使、得等用於表達義務類模態
義的詞可能具有相關性，我們將在後續的歷時分析中探究此
議題。

表 7 簡要列出三個漢語方言與英語的可能性模態詞。由
以上的描述可知，漢語分支語採用不同的詞來表達模態義。
下節將透過字源分析，討論這些型態不同的模態詞之間的相
關性。

表 7　三個漢語方言表可能性的模態詞

	動詞	模態詞		
		能力型	義務型	認識型
英語	--		*may*	*may*
		can	*can*	*can*
閩南語	*e-hiau*	*e-hiau*	*e-sai, e-tang, e-ing*	*e*
共通語	*hui*	*hui*	**hui*	*hui*
客語	*voi*	*voi* *hiau* *hiau-ded*	**voi*	*voi*

第三章　歷時與共時分析

　　我們首先說明模態詞的類型學（typology）意義，接著討論漢語重要可能性模態詞的起源，我們主要運用古漢語相關字典與歷史語言學的研究文獻，作為歷時層面的材料。我們並運用語料庫資料，進一步分析模態詞的語義。語料庫主要取自中央研究院語言學研究所（以下簡稱中研院）「搜文解字」（黃居仁，羅鳳珠，鍾柏生，蕭慧君，李美齡，盧秋蓉，曹美琳 2000；Huang, Chu-Ren 1999）功能下「搜詞尋字」之《漢語大字典》和另一個語料庫——「中文詞彙網路」（黃居仁，謝舒凱，洪嘉馡，陳韵竹，蘇依莉，陳永祥，黃勝偉 2010；Huang, Chu-Ren, Elanna I. J. Tseng, Dylan B. S. Tsai, and Brian Murphy 2003）。[1, 2]

　　《漢語大字典》對於漢字的解釋涵蓋面極廣，包括古今，例句以古文為主。《中文詞彙網路》與《漢語大字典》不同的是，其所收納資訊主要為當代台灣共通語，屬共時層的材料。後述來源的語意條目按詞類清楚標記之外，也提供了不

---

1 搜文解字 http://words.sinica.edu.tw/；中文詞彙網路（以下簡稱「中文詞網」）http://cwn.ling.sinica.edu.tw，http://lope.linguistics.ntu.edu.tw/cwn/
2 《搜詞尋字》下的《漢語大字典》屬簡明版，僅收錄 3 千多個常用漢字，網址為 http://words.sinica.edu.tw/sou/sou.html

少對應的例句作為參考，提供更全面的語料；然相較於規範性（prescriptive）用法，部份語料較偏描述性（descriptive）的語言，顯示特定區域用法。

　　以下我們首先觀察跨語資料，再一一探討個別的漢字，包括：解、會、能、可、以、使、用、得、曉、行與成。

第一節　跨語資料

　　就語言類型學來說，可能性模態詞的發展模式相當一致。Bybee, Perkins, and Pagliuca（1994: 188）曾提出如下兩個可能途徑：

（53）ability > root possibility > epistemic possibility
　　　能力　>　可能性根義　>　認識可能性[3]
（54）ability > root possibility > permission
　　　能力　>　可能性根義　>　允准

　　這三位學者指出表能力的模態詞源自 *finish*（結束）、*know*（how to）（知曉）、*get*（得到）、*obtain*（獲得）或 *arrive*（抵達）此類動詞（Bybee et al. 1994: 188）。

　　舉英語為例，Lightfoot（1979）說明英語模態詞 *can* 的

---

3 標記　A > B 表示 A 演變為 B

能力義來源，指出 *can* 源自古英語（Old English）*cunnan*，意思為'know; be able'，如例（55）與例（56）所示。

（55）hwæt þær foregange, oððe hwæt þær æfterfylige, we ne **cunnun**. Bede
　　'What came before, or what comes after, we do not **know**.'
　　（Lightfoot 1979: 98）
（56）*ne **con** ic noht singan*. Bede
　　'I cannot sing.'（Lightfoot 1979: 99）

　　根據 Lightfoot 的說法，*cunnan* 曾用以表「有心智或智力本能的」和「知道（如何辦）」[4]。除了 *can* 之外，我們認為 *may* 也值得關切，因為二者均屬可能性世界的模態詞。關於此點，Lightfoot（1979: 100）有令人振奮的說明。他指出，相對於 *cunnan*，古英文的 *magan* 意謂著「有外在能力從事某行為」（'to have the physical capability to'），然而此字卻發展出當代英文允許義的 *may*。細讀 Lightfoot 關於 *can* 與 *may* 兩字的說明，我們得知英文的能力義與允許義模態詞是相關的，都屬可能性模態詞，見表 5。

　　依照前述語言類型學的說法，我們將探討第二章所提的漢字（解、會、能、可和得等）之語法化（grammaticalization）歷程，也將透過字源與字義分析找出他們之間的關連性。

---

4 原文為 *cunnan*（> NE *can*）used to mean "to have the mental or intellectual capability to, to know how to"（Lightfoot 1979: 100）。

第二節　解

漢字「解」一般被視為閩南語 e 的本字，以下討論「解」的歷時演變。

一、解的字源

關於「解」的字源，學界多所探究。根據楊秀芳（2001: 265），「解」的本義為以兩手切除牛角，是個形聲字。她指出「解」在甲骨文即有記錄，在經典文獻的記載首次出現於《莊子》，意思為：以外力工具將東西解體（楊 2001: 266）。

（57）庖丁為文惠君<u>解</u>牛。（《莊子‧養生主》）

二、解的字義

楊秀芳（2001）提出八個關於「解」的語義，我們整理與當代義有關的四項，如下（一）至（四）。

（一）解：以文字解釋。

楊指出此義可能源自於「解」的原始義，但解析的不是事物而是文字（楊 2001: 280）。

（58）幽隱而無說，閉約而無<u>解</u>。（《荀子‧非十二子》）

（二）解：能。

此模態詞區分為三類用法：能力、義務和認識類，分如例（59）至（61）所示（楊 2001: 286-287）。易言之，單一的「解」曾用於表達可能性的能力、義務和認識三個次類。

（59）酒能祛百慮，菊解制頹齡。（陶淵明《九日閑居》）
（60）杷沙腳手鈍，誰使女解緣青冥。（韓愈《月蝕》）
（61）無人解愛蕭條境，更遶衰叢一匝看。（白居易《衰荷》）

　　（三）解：了解，知曉。

楊認為此義來自第一義之延伸，下例取自十二至十三世紀的《朱子語類》（楊 2001: 284），時間進程與前面作品相較更接近現代。

（62）有所不解，因而紀錄。

　　（四）解：有能力。

有能力從事某事，例子也來自《朱子語類》（楊 2001: 285）。

（63）有人…不解讀書。

楊秀芳認為在南宋之前，前述四項「解」的用法已然形成，且「解」的三種可能性模態義趨於穩定。根據楊，「解」

歷經了以下語法化過程：

（64）以文字說明 ＞ 了解 ＞ 有能力 ＞ 模態義

　　而另一個字「曉」呢？在當代台灣閩南語中*-hiau*（曉）是個黏著語素（bound morpheme），與「解」結合為「解曉（*e-hiau*）」。換言之，閩南語可能性模態義有兩個發展途徑，一為動詞的雙音節化，二為動詞虛化為模態詞，分如例（65）與（66）所示。

（65）動詞 *e*（解），「知曉」義 ＞ *e-hiau*（解曉）
（66）動詞 *e-hiau* ＞ 模態詞 *e-hiau*

　　根據黃育正（2007: 144）的考察，閩南語多音節義務類模態詞在二十世紀才形成，晚於能力義之解曉（*e-hiau*）。他認為途徑如下：[5]

（67）*e-hiau*（能力義）＞＞ *e-sai*（允許義）＞＞ *e-ing*; *e-tang*
　　　（允許義）

　　我們認為雙音節的模態詞來自「解」的進一步虛化，在分化為三類模態義的過程中，表示知曉或了解的「曉」添加於「解」，以表示能力義（動態能力型），形成了雙音節的「解曉 *e-hiau*」；而「使」和「用」因其「可茲利用」之意，

---

5 A ＞＞ B 所指為時間先後，而非 B 源自於 A。

添加於「解」字之後以表允准義（義務型），形成了「解使 *e-sai*」和「解用 *e-ing*」。這樣的說法在漢語的語法化理論上是說得通的，漢語中並列結構的複合詞也不勝枚舉。接下來我們將討論共通語的「可」和「以」，此二字的語義也與「使」或「用」近似，「可以」在共通語中表允准，客語也採用「使」或「用」作為表允准之模態詞。吾人自不難理解閩南語雙音節的 *e-hiau*（解曉）或「解使 *e-sai*」均分化自多義單音節的「解 *e*」。綜言之，台灣閩南語表能力義的 *e-hiau* 和義務義的 *e-sai* 均來自相同的源頭，認知型的模態詞 *e* 也是動詞「解」經過詞意虛化而來。三者都有共同的詞根，只是前兩類模態詞雙音節化了。

第三節　會

前面段落論及華語與客語均採「會」（分讀為 *hui* 和 *voi*）做為表能力義之動詞或模態詞。以下討論「會」的字源與字義。「會」的字義頗為豐富，為華語模態詞教學難點之一，以下我們從語料庫所提供的字義與例句，考察「會」的古今義。

一、會的古義

根據《王力古漢語字典》，「會」有六義（王力 2000：

450）。[6]第一義，根據《說文解字》（以下簡稱《說文》）
與《爾雅・釋詁》，會，又指盟會，會見，如例（68）所示。
會，合也，如例（69）所示。

（68）冬，公<u>會</u>齊侯于防，謀伐宋也（《左傳・隱公九年》）
（69）五人共<u>會</u>其體，皆是（《史記・項羽本紀》）

　　《王力古漢語字典》所提之其他五個「會」的字義包括：
（一）相合，符合；（二）時機，機會；（三）領悟，理解；
（四）恰巧，適逢；（五）應當，一定（王力 2000：450）。
其中第三個「領悟，理解」義與「會」之當代華語能力模態
義最為接近，字典例句如（70）所示。我們也注意到「解」
與「會」在例（70）中的對應。此外，何樂士（1985：240）
也指出，古漢語「會」作動詞，有「領會」之意，如：心領
神<u>會</u>。

（70）好讀書，不求甚<u>解</u>，每有<u>會</u>意，便欣然忘食。（晉陶
　　　潛《五柳先生傳》）

　　楊秀芳（2001：291-292）指出「會」在先秦時的文獻中
常用於指人或物之聚合，而後繼續演變為「道理會合於心」，
之後有「會心」之意，亦即曉悟。例（70）「每有會意」當
中的領悟之意，從另一角度來推敲，可理解為每次讀書之體

---

6 「會」為食器的蓋子；「會」也通「繪」，為五彩之意。

悟與原作者之意值合，此「會」可解釋為「了解作者的意思，從而得到領悟、理解」。換言之，由「會合」之本義衍生出抽象的「理解」義。

　　以上古籍中「解」與「會」之對照，將有助於理解閩南語的「解」與共通語「會」之異同處。

二、會的語法化

　　劉麗琴（2003）考察「會」的語法化，認為「會」的「會面，聚集」義始見於《史記》，其「了解」與未來義直至《世說新語》才出現。到了《祖堂集》年代，相較於「會」的匯集、未來和模態義，「會」的「知曉」義佔最多數，計算語料高居 97%。直至《朱子語類》，「會」的「了解」（如：「理會」）與能力義才開始逐漸受到重視。根據劉（2002），「會」的語法化途徑可簡化為（71）。

（71）匯集 ＞ 了解 ＞ 未來

　　根據前述關於「解」以及「會」的討論，我們發現漢語可能性模態詞確符合語言類型學的發展模式。本書所論及的三個漢語分支，不論採用「解」或「會」做為可能義的模態詞，經過歷時的考察得知均來自「知曉 'to comprehend; to know'」義，與英語 *can* 的演變路徑類似。

　　漢語中表示能力的詞，除了「解」與「會」之外，還有近義詞「曉」與「得」。譬如，在客語中除了 *voi*（書寫為「會」）之外，*hiau-ded*（曉得）可作為另一個表能力義的模態詞，

本章後續將討論「曉」與「得」。

　　值得注意的是，這些表能力的漢字未必是同源詞。劉英享（2000）認為客語 *voi* 與共通語的「會」無音韻關係。楊秀芳（2001）指出「解」與「會」分別為口語及書面體的書寫格式。Lien（1997: 174）則認為「會」是「解」義的借詞。

三、「會」的當代義

　　根據「中文詞網」（黃居仁等 2010; Huang et al. 2003），「會」的同形詞有二：會₁和會₂。會₁為名詞的用法，讀音為 huǐ。[7]按《中文詞彙網路》，會₁為時間詞，表很短的時間，為「會兒」、「一會兒」的簡省。語料庫提供的例句如下：

（72）今天不用上班，本可多睡會，可是我還是習慣每天在
　　　這個時候醒過來。

　　「中文詞網」顯示會₂（讀音 huì）有 11 個詞義，我們按詞類整理如下：名詞共有四個次類，動詞也是四個，副詞有三個次類；後兩者與本書關於模態詞的主題較為相關。

　　首先看「會」作為名詞的詞義。由表 8 可知，會₂的名詞使用主要有二：一為聚集，二為時機。後者為文言的用法，該語料庫提供的例句對應如下。這種用法的「會」雖看似單

---

7 本章以下當代華語例句，如未註明，表取自「中文詞彙網路」語料庫。

獨一字出現，但由前後文可推敲係省略。換言之，「會」的名詞用法，還是以多音節詞居多，「中文詞網」的資料顯示含「會」的雙音節詞共 169 筆，詳第六章分析。

表 8　會₂作爲名詞的詞意

意　　義	例句
1.普通名詞。多數人爲特定目標的聚集。	（73）
2.地方詞。爲了共同目的，成立的團體組織。	（74）
3.普通名詞。民間一種小規模經濟互助組織。	（75）
4.普通名詞。時機。	（76）

（73）議員及居民代表多位列席參加，會中決定成立小組原則並至現場垃圾掩埋現場勘查。

（74）由縣議會審議通過提案後，報省核准，隨後再由縣有財產審議委員會評定地價，再通知市府前來議價。

（75）他跟過好多個會，每一個會的成員不是親朋好友，就是左鄰右舍。

（76）用他自己的話來講，就是做到了得筆墨之會，解氤氳之分，作闢混沌手⋯在於墨海中立定精神，筆鋒下決出生活。

　　其次，我們考察「會」的動詞義。觀察「中文詞網」的語料，我們發現單獨的「會」作動詞，除了通曉義之外，還有第一及第二兩類，顯見古文中「會」的用法，當代還是採用的。值得注意的是，例（77）與（78）中「會」的使用偏書面體，且用法限定。

表9　會₂作為動詞的詞意

意　義	英文對譯	例句
1.面對面相見	meet	（77）
2.結交朋友	befriend	（78）
3. a-具備後述能力、通曉。 b-經學習而得到後述能力。	know can	（79） （80）
4. 具有做後述事件的強烈傾向	be good at	（81）

（77）忍受不了兩地相思煎熬的苦痛，一天晚上，隻身搭車到善化一會情人

（78）當作品收集在一起展出時，便能彼此互相觀摩切磋，達到以字會友的好處。

（79）遇有臺灣廠商到德國開商展時，非常需要會德語和中文的人，做為溝通橋樑。

（80）到了八歲的時候，他就已經很會游泳了。

（81）現在的學生比較會表達自己的意見，雖然看法不見得高明，但是很會批評，而且有些態度很不客氣。

　　通過語料庫的考察，我們發現「會」做為動詞，除了前面所提的「具備某種能力」，還有「做某事的強烈傾向」，如例（81），可理解為「擅長於（做）某事」。值得一提的是，表9第3類的用法與可能義相關。詞類實應歸納為助動詞或模態詞，該語料庫的詞條也顯示3b的英文對譯為 can，而 can 在當代英語已不是動詞。

　　最後討論該語料庫所列「會」的副詞用法，如表10所示，例句如（82）至（84）。事實上，第一及第二類為前面章節所提的認識型模態義，表可能，第三類為關於總類（generic）

的用法。然英文的對譯並非個個都是副詞，由於中文的詞缺乏型態變化，實難看出詞類，在翻譯上也很難完全對應。

表 10　會₂作為副詞的詞意

意　　義	英文對譯	例句
1.表在通常狀況下，有可能實現。	could	（82）
2.表條件符合，就一定實現。	surely	（83）
3.表具有某種特質。	have	（84）

（82）還有因肺癌而引起癌性淋巴管炎時也會。職業性的肺病，也會引發此症。

（83）如果是為了實用，那麼，看到蘋果就會引起食慾，覺得肚子餓。

（84）我們知道蛇會脫皮，但我們真的去看過嗎？

　　值得一提的是，上表第三類用法，英語中總類（generic）的說法可以用 can（Swans can fly.）或零標記（Swans fly.），在中文裡一定要有標記且此標記為「會」，翻譯為天鵝會飛，不用「可以」也不用「能」。回顧之前提及之病句：*天鵝可以飛，推估為英語使用者對應 can 的用法所導致，使用者認為 can 就等同於中文的「可以」，於是將 Swans can fly 誤譯為「天鵝可以飛」。此句或許可能出現於文學或童話故事，但在日常生活卻不符語用原則。

四、小　結

　　由上可知，「會」的用法相關多元，兼類的情形在當代

共通語相當普遍。在歷時分析中提及「會」的語法化途徑，由實至虛，由匯集至通曉，由通曉至具備某種能力，這些歷史痕跡在現今的共時語料中都觀察得到。綜言之，

　　（一）「會」的名詞用法以匯集之場所為主；

　　（二）「會」的動詞義有會面、交友、通曉之意，前兩者的使用時機比較有限，「會」作為通曉的用法在當代共通語中仍舊相當普遍；

　　（三）至於「會」的副詞用法（本書列為模態詞），包括：表具備某能力、有某傾向、可能實現或具某特質，很容易與其他模態詞（如：「可以」或「能」）相混淆，為對外華語文教學上的難點，留待第四章說明。

第四節　能

　　本節考察共通語「能」的古今詞義。除了單音節的「能」之外，也討論相關的雙音節詞「能夠」與「可能」。其中，「可能」屬認識類模態詞，不作能力解。

一、能的古義

　　接著討論「能」。《說文》提及「能」為像熊的野獸，本義挪用他義之後，另造新字，以區分當今所用之「熊」與

「能」。[8]根據《王力古漢語字典》（王力 2000: 997），「能」尚有五義：（一）技能，才能；（二）能夠（做到）；（三）達到；（四）和睦；（五）如此，這樣（王力認為此乃後起義）。其中前兩義在當代華語仍廣為使用。第一義為名詞，指本領或有才能的人，古文例見（85）及（86）。第二義為動詞或模態詞，古文例見（87）及（88）。

（85）吾非敢自愛，恐能薄。（《史記・高祖本紀》）
（86）尊賢使能，俊傑在位，則天下之士皆悅。（《孟子・公孫丑上》）
（87）非曰能之，願學焉。（《論語・先進》）
（88）我能為君辟土地，充府庫。（《孟子・告子下》）

　　何樂士（1985: 390-391）將古代漢語中「能」區分為動詞與助動詞兩類，「能」作動詞有「勝任」之意，如例（89）；否定的「不能」、「未能」有「不及、不到」之意，如例（90），在此為動詞。

（89）察其所能而慎予官（《墨子・趙策一》）
（90）韓與秦接境壤界，其地不能千里（《戰國策・趙策一》）

　　何所指「能」的助動詞的用法有：（一）表有條件或能

8　《小學堂》指出，按「《說文新證》：「楚文字从大能，似'熊'之本義即為'大能'。若然，則'熊'从'火'實為'大'之訛變。」小學堂文字學資料庫網址：http://xiaoxue.iis.sinica.edu.tw/

力去做某事，如例（91）；（二）表具備某種本領，如例（92）；
（三）用在反問句中有「怎能」之意，如例（93）。第一種
用法可理解為本書所稱之外在能力義，第二種為內在能力義。

（91）寡人不佞，能和其眾而不能離也（《左傳・僖公十五年》）
（92）寡人已知將軍能用兵矣（《史記・孫子列傳》）
（93）能不憶江南（《白居易集・憶江南》）

二、「能」的當代義

　　根據「中文詞網」（黃居仁等 2010; Huang et al. 2003），
「能」有以下兩類，第一類與本能、能力有關。第二類表能
源，如：節「能」省碳。以下只說明第一類：能 1。語料整
理如表 11，也列出對應的例句。

表 11　能 1 的詞意[9]

意　義	詞類	英文對譯	例句
1.形容具備完成特定事件能力的	及物動詞	can	（94）
2.表具備達到後述事件成立的條件	及物動詞；副詞	could	（95）
3.表具有後述功能	副詞	can	（96）
4.普通名詞。才幹，本領。	名詞	capability	（97）

（94）爸爸有一雙強壯有力的手，能幫我們修理玩具和為全
　　　家人努力工作，使我們過著富裕的生活。
（95）一個整潔優美的環境才能培養出高尚的學術氣習與世

---

9 該語料庫的附註說明：詞義 2 的「能」，有助動詞的功能。

界級的學術人才。

（96）鉀肥<u>能</u>強壯根莖，枝幹健全發展，增進葉簇花色美觀。

（97）相信他們的內心一定頗感納悶：喬登到底是何方神聖？
　　　其有何德何<u>能</u>來掀起此熱潮？

　　由表可知，前三類為模態詞的用法，與前面章節討論之動態能力：具備某種能力，或有能力、條件做某事等義相吻合。我們同時注意到，該語料庫前三類的同義詞均為「能夠」，因此也考察了「能夠」。

三、「能夠」的模態義

　　「中文詞網」舉出「能夠」的詞類為副詞，又分三個次類，如表 12 所示。仔細觀察，這些次類與表 11 的前三項相同。換言之，「能夠」可簡化為「能」。

表 12　能夠的詞意

意　　義	英文對譯	例句
1. 形容具備完成特定事件能力的	can	（98）
2. 表具備達到後述事件成立的條件	could	（99）
3. 表具有後述功能	can	（100）

（98）人<u>能夠</u>發聲，動物也會發聲。

（99）制度的好壞只看它是否<u>能夠</u>正常運作，使社會更加和諧。

（100）中國煉鋼廠的禮堂<u>能夠</u>容納一千多人。

四、「可能」的模態義

　　接著觀察認識型的「可能」在「中文詞網」中的詞意與例句。如表 13 所示，姑且不論中文的詞類與英文對譯的詞類不對等，這三類用法均具有認知的模態義 —— 可能性。

表 13　可能的詞意

意義	詞類	英文對譯	例句
1. 表會成為事實或是事實	副詞	possible	（101）
2. 形容會實現的	不及物動詞；形容詞	possible	（102）
3.普通名詞。特定事件實現的可能性。	名詞	probability	（103）

（101）新科技的應用有時<u>可能</u>帶來負面的後果。

（102）在一連串促銷活動之下，市場買氣大升是極<u>可能</u>的。

（103）氣為什麼會不足呢？最大的<u>可能</u>是心臟不夠力。

　　仔細觀察表 11 與表 12 之英文對譯，除了表才幹、本領的項目之外，均以模態詞的方式呈現。再觀察表 13，我們發現形容詞的 possible，分別對應於中文的詞類：副詞、動詞和形容詞。這也符合許多人的觀點：中文的詞性不易斷論。然而，不論如何作歸類，「能」、「能夠」與「可能」所表達的模態義的確存在以上這些句子當中。「可能」與前兩者不同的是，「可能」表現的是實現的可能性，而前兩者表達的重點為：具備某項能耐，或具有達成的條件。

第五節　可與以

本節將探討共通語的「可」與「以」，同時也分析雙音節詞「可以」。

一、「可」的古義

《王力古漢語字典》（王力 2000: 102）列舉「可」的字義有二：a. 可以，行；b. 表示大約的數字（為副詞）。依據何樂士（1985: 329），古漢語「可」有三個助動詞義：（一）表力量可做到（二）表示事情符合事理（三）表按情理應該如此，分別如例（104）至（106）所示。

（104）始者謂子建兒中最<u>可</u>定大事（《曹操集・曹植私出開司馬門下令》）
（105）夫龍之為蟲也，柔<u>可</u>狎而騎也（《韓非子・說難》）
（106）及平長，<u>可</u>娶妻，富人莫肯與者（《史記・陳平世家》）

由上所述，「可」也具有動態能力義。「可」與「能」究有何不同？王力（2000: 102）指出：在能願式中，「能」表主動，「可」表被動。「能食」表示能夠吃；「可食」表示可以被吃；「能行」表示能做事，「可行」表示可以被實行。這個概念暗示著「能」的主語必須為有能力執行者。

何另提出「可」作動詞使用，有批准之意，如例（107）

所示（何樂士 1985: 329）。推敲當代「可」的義務模態義可能源自此。

（107）胡亥<u>可</u>其書（《史記李斯列傳》）

二、「以」的古義

　　「可」與「以」經常合用或互換使用，故而在此談「以」。根據《王力古漢語字典》，「以」有四種詞類，其中動詞的用法有二：a. 用；b. 以為，認為（王力 2000: 16）。下例中的「以」為「用」之意。

（108）視其所<u>以</u>，觀其所由。（《論語・為政》）

　　何樂士指出「以」的用法主要為介詞、連詞及代詞（1985: 690），而「以」作動詞有「用」之意，例如下（何樂士 1985: 695）：

（109）今民求官爵，接不<u>以</u>農戰，而<u>以</u>巧言虛道，此謂勞民。
　　　　（《商君書・農戰》）

　　何永清（2011: 14-17）認為在《論語》中有三個含「以」的複詞：足以、可以、無以，三者乃延伸自「以」為連詞之用法，以下依序說明之。首先，「足以」表「能夠」，例（110）。

（110）「士而懷居，不足<u>以</u>為士矣。」（《論語・憲問》）

　　我們對於上述分析有另一種詮釋。《王力古漢語字典》僅列名詞、動詞與介詞三類，未列「以」的連詞的用法。按何樂士對於古代漢語「以」的分析，「以…為…」用於兩種情況：（一）表客觀事實，譯為當代語「把…作為…」；（二）表主觀看法，譯為當代語「認為…是…」。前兩類「以」均作介詞，何樂士進一步指出此類用法的賓語可省略，如例（111）（何樂士 1985: 692）。

（111）公子安之，從者<u>以</u>為不可。（《左傳・僖公二十三年》）

　　例（111）意思為：公子重耳安於齊國生活，隨從者認為（這樣）不行。介詞「以」之後的賓語省略，此零代詞指的是前述「公子安之」的現象。教育部《重編國語辭典修訂本》線上版也將例（111）的「以」釋義為「認為、用為」。[10]因此，若將例（110）中的「以」分析為介詞，則「以」單獨存在，而「足」為副詞，如下例。

（110）士而懷居，不足<u>以</u>為士矣。（《論語・憲問》）

　　其次，何永清認為《論語》中的「可以」作用相當於「可」，義為「能夠」，例句如（112）與（113）。

---

10 教育部《重編國語辭典修訂本》線上版網址為
　http://dict.revised.moe.edu.tw/

（112）有一言而<u>可以</u>終身行之者乎？（《論語・衛靈公》）
（113）溫故而知新，<u>可以</u>為師矣。（《論語・為政》）

　　按前述我們的分析，「以」在例（112）和例（113）當中分別作動詞與介詞使用，意思分別為「用；拿」和「當作」。換言之，「可」為模態詞與「以」各自獨立，「可以」兩字恐怕非合義複詞，而是兩個獨立的「可」與「以」。

　　最後，何永清也提及「無以」的用法同「不能」或「不可」，如例（114）。其中，後句的「不可」與前句的「無以」對稱。然而，我們認為例句中的「以為」可解釋為省略賓語之「以…為…」句型，此「以」作為介詞。

（114）<u>無以</u>為也！仲尼<u>不可</u>毀也。（《論語・子張》）

　　綜言之，在何永清的分析中，「以」的用法更加虛化。我們採取比較保守的看法，認為上古漢語的「以」作為虛詞，仍為單獨存在的介詞，尚未形成複詞。同時，我們考察古代漢語詞典，連詞「以」用於補充關係與偏正關係（何樂士 1985：692-693）時，與前述「以...為...」之句式並不一致。

三、「可以」的當代義

　　接著分析「可以」的當代語料。「中文詞網」（黃居仁

等 2010; Huang et al. 2003）將以下三種用法列為副詞，然而英文對譯卻有不同的處理，如表 14 所示。姑且不論詞類，前面兩類確為模態義，均表條件許可。

表 14　可以的詞意

意　義	英文對譯	近義詞	例句
1.表前述對象具有進行後述事件的條件	may; 近義詞 can	可；得	（115）
2.表後述事件為聽話者可以選擇自己進行的事件之一	--	可	（116）-（117）
3.表程度高	intense	厲害	（118）

（115）農藥可以快速見到成效，也就意味著<u>可以</u>快一些換得金錢。

（116）敝人以為做為一個現代醫師是<u>可以</u>不需懂陰陽五行。

（117）在那個封閉空間，你<u>可以</u>去拜訪鳥兒的家，看著牠們在你眼前飛。

（118）臺灣的英文路名標示實在亂得<u>可以</u>。

令人意外的是，該語料並未列出「可以」的允許義，我們故而考察獨用的「可」。「可」的用法多達五大類，當中與模態義有關的我們找到可₁，如表 15 所示。我們發現在表 15 當中，除了表 14 的第一及第二類用法，還包括第三類：「表同意特定對象提出的要求」，亦即許可。可惜該語料庫並未提供對應例句。此外，表 14 也顯示「可」與「得」為「可以」的近義詞，本章第七節將討論「得」。

表 15　可的詞意

意　　義	英文對譯	例句
1.表前述對象具有進行後述事件的條件	may；近義詞 can	（119）
2.表後述事件為聽話者可以選擇自己進行的事件之一	--	（120)-(121)
3.表同意特定對象提出的要求	--	--

（119）山椒魚短短的四肢可爬行於陸地及樹上。

（120）通訊公司招聘話務員，你可去試試。

（121）此飯店每日每人的食宿費用約美金 70 元左右，可預約。

四、小　結

　　綜合前面各節的歷時共時分析，「解」為閩南語表可能性模態詞的字根，「能」、「可能」、「可以」等主要表現在共通語，這些模態詞的字源雖未必相同，初始義卻頗為接近。在外國人學習華語過程中，常將「能」與「會」或「可以」」相混，若能理解這些詞的字源與歷時演變，分辨就不再那麼困難了。

　　我們也發現「可以」的允准義常出現於非實然（irrealis），以下說明。「可」與「以」合組為並列合義複詞，表示從事使用的行為'to use'，從而產生義務類的允許義'to permit'，常出現於否定與疑問句。當代華語例句如下：[11]

---

11 資料來自「中文詞網」（黃居仁等 2010; Huang et al. 2003）

（122）我為什麼<u>不可以</u>決定我自己想吃什麼？

（123）我們在大部份情形，是<u>不可以</u>從個別建築來分析建築
　　　　環境的。

　　按「中文詞網」之說明，上列兩例句中第一例的「不可
以」表不允許後述事件發生，第二例的「不可以」表不具事
件成立的合理條件。例（122）的「不可以」表達的就是允准
義。第四章將討論模態詞的否定。

第六節　使與用

　　共通語華語的允准義採用「（不）可以」，但相對應的
客語模態詞為「使得」（*sii-ded*）及其否定「使毋得」
（*sii-m-ded*），台灣閩南語的對應詞為「解使」（*e-sai*）、
「解用」（*e-ing*），以及否定的「袂使」（*be-sai*）、「袂
用」（*be-ing*）。以下分別說明「使」、「用」與「得」之
字義。

一、「使」的古義

　　根據《說文》，使，伶也。从人吏聲。按段玉裁《說文
解字注》，使，令也；令者、發號也。白話義為「命令；派
遣」。王力（2000: 26）也指出「使」於古漢語中作派遣或
出使之意，下例分示之。

（124）鄭伯<u>使</u>祭足勞王（《左傳‧桓公六年》）
（125）子華<u>使</u>於齊（《論語‧雍也》）

　　《漢語大字典》同時列出「使」的兩個相關意義，如下：
（一）用；（二）做；行。顯見「使」、「用」和「使用」
此三詞相互關連，後續我們將看到更多例證。

　　（一）用。
（126）<u>使</u>能則百事理，親仁則上不危。（《管子‧霸言》）
（127）至少也得幾百塊錢，少了不夠<u>使</u>的。（《文明小史》
　　　　第十五回）

　　（二）做；行。
（128）若說服裏娶親，當真<u>使</u>不得。（《紅樓夢》第九十六
　　　　回）
（129）如要看全，也不過一百多錢，倘若租看，亦<u>使</u>得。（《文
　　　　明小史》第十六回）

二、「用」的古義

　　按《說文》，「用」表示可施行也。從卜從中。根據段
玉裁《說文解字注》，卜中則可施行，故取以會意。簡言之，
「使」或「用」均有可行之引申意，爾後虛化為義務型模態
詞其來有自。

根據《王力古漢語字典》（王力 2000: 738），「用」作動詞有二義：（一）使用，（二）聽從，分示如下。

（130）于以<u>用</u>之，公侯之事（《詩・召南采蘩》）
（131）<u>用</u>命，賞于祖；弗<u>用</u>命，戮于社（《書・甘誓》）

何樂士則指出，古漢語「用」的動詞與現代的意思相近，如下例所示（1985: 717）。

（132）雖處有材，晉實<u>用</u>之（《左傳・襄公二十六年》）

三、「使」與「用」的當代義

根據「中文詞網」（黃居仁等 2010; Huang et al. 2003），前述「使」的派遣命令義仍沿用至今，另有「用」的同義用法，如：使用工具、使用金錢（如：使錢，屬方言），也有使力氣的用法。另還有兩動詞義：（一）為特定目的而使用後述能力或特質；（二）實現本身的性質或能力。

（133）你若想要<u>使</u>歪腦筋，用你空門手段去盜藥可就找死了！
（134）這個與他應當是最親密的青少年，讓他<u>使</u>不出任何專業的藝術來。

根據同一語料庫，「用」的當代用法主要為「利用特定

對象的特定功能」，對應的英文為 *to use*，例（135）的「用」
為動詞，例（136）的為名詞。作為動詞的「用」還有錄用人
才、花用金錢或採用之意，例句從略。

（135）我自己常<u>用</u>的幾把壺也都有愈<u>用</u>愈稱手的感覺。
（136）精美的藝術品，是供皇帝們閒時摩挲賞玩之<u>用</u>。

　　副詞用法表「後述對象有必要性」，同義詞為「用得著」，
例句如（137）。

（137）這些難道我們之間還<u>用</u>忌諱什麼嗎？

　　「用」的虛詞用法，如作為工具格（介詞）的「引介事
件所憑藉的方法或工具」，例如（138），同義詞為「以」或
「拿」。

（138）你<u>用</u>刀在葫蘆上挖一個孔，灌沙進去，再<u>用</u>葫蘆藤塞
　　　　住了小孔。

四、「使得」的當代義

　　此外，我們也查找了雙音節詞「使得」的用法，發現「使
得」的當代義其一與客語的義務義模態詞相同，見例（139），
句中的「如何使得呢」可替換為當代共通語華語的「怎麼可
以呢」，見表16同義詞一欄。第二義的「使得」等同於「用

得上」，例句（140）為近代漢語，當代共通語不通行此用法。按句子情境及其後之「留著使」，此「使得」等同於「用」，還保有實詞的意義。最後一個「使得」表導致，如（141）所示。如表 16 所示，此項「使得」與「致使」同義，對應的英文為 *to cause*。

表 16　使得的詞意

意　　義	英文對譯	同義詞	例句
1.對特定事件的發生表示接受	may	可以、容許、容	（139）
2.形容能夠使用的	usable		（140）
3.導致負面結果，常接子句	cause	致使	（141）

（139）這麼熱天，毒日頭地下晒壞了他，如何使得呢？

（140）鳳姐兒道：過會子我開了樓房，凡有這些東西都叫人搬出來你們看，若使得，留著使，若少什麼，照你們單子，我叫人替你們買去就是了。

（141）生活緊張與結婚延後的問題，使得女性不孕症的人數高漲。

當代華語採「使用」一詞，為並列結構合義複詞，英文的對應翻譯為'*to use*'。根據前述分析，「使」即是「用」，前節也提及「以」也是「用」。上列漢字均發展出義務模態語義。當代客語的「使得（*sii-ded*）」、閩南語的「解使（*e-sai*）」或「解用（*e-ing*）」、共通語的「可（以）」均可作為允許義模態詞。如此看來，本書所列三大漢語分支雖用不同漢字表義務模態義，就語義發展而言，卻是殊途同歸。

第七節　得

一、得的古義

　　根據《說文》，得，行有所得也。从彳，㝵聲。段玉裁《說文解字注》認為應是，行有所㝵也。㝵、取也，古文省彳。行而有所取，是曰得也。《王力古漢語字典》（王力 2000: 297）記載，「得」的動詞用法有二：（一）獲得，與「失」相對；（二）滿意，例句分別如下：

（142）求之不<u>得</u>，寤寐思服。（《詩・周南・關雎》）
（143）義氣揚揚，甚自<u>得</u>也。（《史記晏嬰列傳》）

　　查詢「搜文解字」（黃居仁等 2000；Huang 1999）網站內「搜詞尋字」底下的「造詞搜尋」功能，我們發現古籍「得」的動詞用法，還有契合、適宜之意，如例（144）。[12]又如：現今共通語仍採用之「<u>得</u>體」。

（144）聚精會神，相<u>得</u>益章。（漢・王褒《聖主得賢臣頌》）

　　同網站「搜詞尋字」下之《漢語大字典》列出更多關於

「得」的動詞用法，包括：（一）完成；（二）曉悟，了解；
（三）及，到；（四）相遇，遇到。例句分如後後：

（145）已經傳人畫圖樣去了，明日就<u>得</u>。（《紅樓夢》第十
　　　　六回）
（146）禮<u>得</u>其報則樂。（《禮記‧樂記》）鄭玄注："得謂
　　　　曉其義，知其吉凶之歸。"
（147）守著窗兒，獨自怎生<u>得</u>黑！（宋李清照《聲聲慢》）
（148）昔在歷陽時，<u>得</u>子初江津。（宋王安石《贈張康》

　　　前面三個意思與可能模態義具有高度相關性。回顧第一
節，學者提及表能力義的字多由下列動詞虛化而來：*finish*
（結束）、*know*（*how to*）（知曉）、*get*（得到）、*obtain*
（獲得）或 *arrive*（抵達）。對應上述「得」的動詞義，包
括「得」的獲得義，不難看出這些類型學所提的發展途徑是
跨語互通的。「得」的第四個語義（相遇）與第三節所討論
的「會」其中之匯集義似乎有異曲同工之妙，「得」與「會」
後來均發展為可能性模態詞，雖然在使用上二者仍有差異。

二、得的古助動詞義

　　　《漢語大字典》列出「得」作為「可；能夠」解，為模
態詞的用法，如：

（149）聖人，吾不<u>得</u>而見之矣。（《論語‧述而》）

（150）為言嫁夫婿，<u>得</u>免長相思。（唐李白《江夏行》）

　　王力列出兩類「得」的助動詞用法：（一）能，可；（二）必須，晚起義，此義今讀為 děi（王力　2000: 297），分如例（151）和例（152）所示。事實上，從例（151）的對應「能」，便可得知「得」之可能性模態義。

（151）不<u>能</u>勤苦，焉<u>得</u>行此？（《韓詩外傳二》）
（152）這件事還<u>得</u>你去才弄的明白（《紅樓夢‧九四回》）

　　何樂士（1985: 97-99）更將「得」的用法區分為動前與動後。在動詞前，表動作行為的可能性，如例（153）所示。屬於可能性世界之認識類。

（153）人非堯舜，何<u>得</u>每事盡善？（《晉書‧王述列傳》）

　　「得」用在動詞後作動詞的補充成分，表示可能或可以（何樂士 1985: 97-99），如例（154）所示。屬於可能性世界之認識或義務類。

（154）進退不<u>得</u>，為之奈何？（《吳子‧應變》）

三、「得」的當代義

　　按「中文詞網」（黃居仁等 2010; Huang et al. 2003），

「得」的模態義表現在兩方面，第一義與「可以」之第一義是相同的，表條件許可（比較表 15、表 16、表 17）；第二義為允准意。

表 17　**得的詞意**

意義	英文對譯	同義詞	例句
1.表前述對象具有進行後述事件的條件（書面）	may; 近義詞 can	可、可以	（155）
2.發語詞。想要終止特定對話或事件，表示同意或允許。	--	--	（156）

（155）合於下列規定之一者，<u>得</u>免用或免開統一發票。

（156）<u>得</u>，又開始了。每次只要有他不想說的，他就很會給我顧左右而言他。

　　第一種用法又等同於「可以、能夠」，差別在於「得」屬於書面體，如例（155）；第二種用法「表反對、禁止或同意，用於談話終了之時」。

　　我們也在「搜文解字」（黃居仁等 2000；Huang 1999）下的「造詞搜尋」系統查到類似第二種用法，又如例（157）所示。

（157）<u>得</u>了，別再出餿主意了！

　　該語料庫也顯示，在共通語中「得」還可表「可以、能夠」，如例（158）至（161）所示。其中，例（158）與（155）

屬同類的用法；例（159）為「得」的否定，表禁止；例（160）
與（161）則屬凝固詞，用法限定，不可隨意更換字詞。

（158）所有員工均<u>得</u>摸彩。

（159）不<u>得</u>抽菸！

（160）<u>得</u>過<u>且</u>過。

（161）<u>得</u>饒人處且饒人。

　　值得注意的是，「得」與「會」都屬可能性世界模態詞，
二者也有關聯性。如前述「得」的古代義為知曉，與「會」
其中一義相同。我們同時觀察到「得」的動詞用法之一近似
於「會」的匯集義：「遇」或「接近」或「配合後述對象的
預期」，如例（162）和例（163）所示。[13]

（162）遇。如：<u>得</u>便、<u>得</u>空即前往拜訪。

（163）山上秋楓轉紅，金針花海猶在，登高賞魚、賞景正<u>得</u>
　　　　其時。

　　換言之，漢語方言表示可能的模態詞雖有不同來源，語
意的發展歷程仍是殊途同歸的。必須補充說明的是，共通語
單音節的模態詞「得」在動詞前的使用機率，不及「能」或
「可（以）」來得高。「得」作為單詞的詞尾，經常與否定
詞「不」搭配，表禁止，如組合式的「做<u>不</u>得」、「去<u>不</u>得」。

_____

13 例（162）與例（163）分別取自「造詞搜詞」和「中文詞彙網路」。

而「得」作為中綴，在口語上相當多見，如：「信得過」、「行得通」、「比得上」，此中綴表潛在能力義。

四、跨方言的「得」

綜合上述，古漢語「得」除可當動詞之外，也可與其他動詞連用，表認識或義務模態義。本書所提的三個語言都使用「得」，差別是以不同的風貌呈現。

首先，閩南語採用「得」做為模態詞。如，台灣閩南語有「會得 *e-tit*」的用法，相當於華語「能、可以、得以」，也接近閩南語「會當 *e-tang*」之詞義。[14]

（164）li e-tit mai khi.（你可以不去）

（165）會得過日就好矣，毋免欣羨別人好額。

Ē-tit kuè-ji̍t tō hó--ah, m̄-bián him-siān pa̍t-lâng hó-gia̍h.

（日子過得下去就好，不用羨慕別人富裕。）

從單音節邁向雙音節詞的演變可知，e（會或解）的語意逐漸消失，需要 *tit*（得）的輔助才能表達充份的模態語義。此重新分析（reanalysis）現象也表現在其他雙音節詞，如前述之 *e-sai*（解使）或 *e-ing*（解用）。

查詢《台灣閩南語常用詞辭典》，我們發現「得」可做為動詞或模態詞的後綴，如表 18 所示。模態詞（字典列為副

---

14 例（128）取自《台語白話小詞典》（張裕宏 2009: 136）。例（129）取自《台灣閩南語常用詞辭典》線上版。

詞）「得」也可省略。將「會 ē」改為「袂 bē」（偏漳州腔）
或 buē（偏泉州腔），即形成否定。

表 18　閩南語「得」作爲詞後綴成份

詞例	詞類	詞義
會用得 ē-īng-tit	副詞	可以、可行
會使得 ē-sái-tit	副詞	可以、可行。 人、東西可以使用或是事情行得通
會堪得 ē-kham-tit	動詞	受得了、耐得住。 承受得住，能夠忍受
會做得 ē-tsò-tit/ē-tsuè-tit	動詞	可以、可行。 可以做、行得通

此外，《台灣閩南語常用詞辭典》也提供了「得」做為
中綴的詞，「得」可表「可能或不可能」，如下。

表 19　閩南語「得」作爲詞中綴成份

詞例	詞類	詞意
會得過 ē-tit kuè	副詞	過得去
會得通 ē-tit-thang	副詞	可以、得以、能夠

其中，「過」或「通」之用法與「行」的用法（容後再
述）有異曲同工之妙，透過「可過」、「可通」、「可行」
引申為允准，與前述「可（使）用」的演進模式也是相通的。
「會得通 ē-tit-thang」之否定為「袂得通
bē-tit-thang/buē-tit-thang」，因某種原因造成無法從事某種活
動，如例（166）。

（166）因為伊愛去讀冊，所以袂得通去迫迌。

In-uī i ài khì tha̍k-tsheh, sóo-í bē-tit-thang khì tshit-thô.

（因為他要去讀書，所以不能去玩耍。）

　　此外，古漢語「得」的用法也投射在當代客語的 *hiau-ded*（曉得）與 *sii-ded*（使得）兩個複合模態詞，前者為動態能力類，後者則屬義務類模態詞，例句如下：[15]

（167）該個後生人從細就曉得有孝爺哀，實在難得。（那個年輕人從小就曉得孝順父母，實在難得。）

（168）這領衫係若婆送你个，哪使得送分𠊎？（這件衣服是你奶奶送你的，怎麼可以送給我呢？）

　　相對於四縣腔客語的 *sii-ded*（使得），海陸腔客語採 *zo-ded*（做得），表可以、可能、能夠。

（169）今晡日做得做㞢个事，毋好拖到天光日。（今天可以做完的事，不要拖到明天。）

五、小 結

　　「得」是表述漢語可能性世界的重要成分。關於「得」

---

15 例句取自《台灣客家語常用詞辭典》，網址：
　　http://hakka.dict.edu.tw/hakkadict/index.htm。註：例(168)僅四縣用，海陸
　　為「哪做得」。

做為中綴，文獻浩如煙海，研究成果豐碩，本書僅作簡潔的回顧。Lien（1997）指出共通語 V-得-C 的「得」是兩可的（ambiguous），可表結果或能力。他回顧過往研究，指出「得」歷經了從獲得、實現（結果）至可能的語法化過程（Lien 1997: 4）。[16]這與我們第一節所提及的跨語語言類型學現象不謀而合。

「得」除了反應在當代共通語，客語義務類模態詞「使得」（sii-ded）或「做得」（zo-ded），以及閩南語「解使得」（e-sai-tit）也都採用「得」。前述雙音節的複合模態詞「使得」雖也借重前面音節的字義，但後接的「得」之語義卻不容忽視。「得」在共通語有多種用法，其中模態詞的用法相當豐富。然，「得」作為動詞前模態詞在共通語不似客語的「使得」來得普遍。至於閩南語的「得」，不單獨做為模態詞。「得」在閩南語三音節的模態詞詞尾，經常出現語音弱化現象，字典也列出其變化型態，如：解使得 e-sai-tih; e-sai-li。

回顧本章第一節所談類型學上的能力義來源，我們曾指出學者所列的來源之一為英語的 get 與 obtain，均可能虛化為表能力義的模態詞。有了這樣的關連性，漢語「得」之使用於可能性模態義就不令人意外了。觀察漢語分支語之模態詞，雖未必使用同源詞，在選字方面卻採用共通的概念。如本章以上各節所述，這些詞的語法化也依循著類似的發展途徑。

---

16 C 表 complement，補語。原文為 "...from acquisition to realization (result) to possibility)"

第八節　曉

本節討論「曉」的用法。因閩南語的「解曉 *e-hiau*」與客語的「曉得 *hiau-ded*」都運用了「曉」做為可能性模態詞。

一、「曉」的古義

「搜文解字」（黃居仁等 2000；Huang 1999）網站「搜詞尋字」所提供之《漢語大字典》列述九個「曉」的字義，本文僅列相關者。《說文》，曉，明也。段玉裁注：此亦謂旦也，俗云天曉是也，也就是天亮。「曉」另有智慧之義，根據《方言》的記載：曉，知也。楚謂之黨，或曰曉。此外，「曉」有告知；開導之意，如《廣雅・釋詁二》所載：曉，說也。「曉」與本章第二節所討論的「解」近似的意思為「知道；理解」，如例（170）和（171）所示。

（170）人不曉天所為，天安能知人所行？（《論衡・變虛》）
（171）公子牟曰：智者之言，固非愚者之所曉。（《列子・仲尼》）

二、「曉」的當代義

查詢「中文詞網」（黃居仁等 2010; Huang et al. 2003）

找到的「曉」大抵也與古代意相同，單音節出現時以書面體為主，如表 20 所示。

表 20　曉的當代詞意

詞類	詞　意	近義詞	英譯	例句
名詞	時間詞。天剛亮的時候	旦	dawn	（172）
及物動詞	具有特定訊息（書面）	知道、曉得、詳	know	（173）
及物動詞	具有後述知識（書面）	知道、曉得	know	（174）
及物動詞	告訴並使特定對象領悟後述道理（書面）	曉以大義	enlighten	（175）

（172）宋朝打破了坊市分區的制度，商店可以任意開設，還出現了夜市與曉市。

（173）毛澤東並非高高在上，不曉民情。

（174）知大義者曉禮節，知責任者懂道理。

（175）曉以利害是說服人的重要方法之一。

　　「曉」也可見於熟語中，如：黎明破曉、家喻戶曉。整體而言，當代華語的「曉」多半出現在多音節詞。查詢「搜文解字」網站下「搜詞尋字」之「造詞搜尋」功能，我們找到 18 筆含「曉」的雙音節詞，其中動詞類，如：曉得、揭曉、分曉、通曉、破曉、報曉以及知曉。

三、跨方言的「曉」

　　「曉」在當代共通語不作模態詞使用。然，閩南語「解曉」（ē-hiáu）可作為表能力之動詞或模態詞。客語的「曉

得」（*hiau-ded*）用法與閩南語「解曉」類似，也為動詞或模態詞。本書所提的三個語言雖都使用「曉」，發展途徑卻有所不同。

第九節 行與成

在此也提「行」和「成」的用法，因為兩字也有允准之意。

一、行的古義

根據《說文》：行，人之步趨也。段玉裁《說文解字注》則指出，步、行也。趨、走也。二者一徐一疾。皆謂之行。有的字典認為「行」的原義為錯綜複雜的十字路口，後演變為如今之字形與字義。[17]何樂士指出古漢語「行」作動詞，有走、行得通、行走、可以等多義（1985: 634），如例（176）。

（176）道之不<u>行</u>，已知之矣（《論語·微子》）

王力認為古漢語「行」的動詞用法有行走、經歷、從事、運行和兼代（官職）之義（王力 2000: 1196-1197）。其中的從事義可引申為施行、實行或執行（王力 2000: 1197）。由此推論，「行」的當代華語允准義（表示可以），應是取自

---

17 Chinese Etymology http://www.chineseetymology.org/及
象形字典 http://www.vividict.com/Default.aspx

經歷或從事義。

二、成的古義

　　《說文》指出：成，就也。根據《王力古漢語字典》，「成」還有必定之義（王力 2000: 341）。

（177）夫一人善射，百夫決拾，勝未可<u>成</u>也（《國語・吳語》）

三、「行」與「成」的當代義

　　依據「中文詞網」，「行」可表允許及能力，詞類為不及物動詞，詞義如表 21 所列。

表 21　行的詞意

意　義	英文對譯	例句	同義詞
1.形容表示同意或允許。	very well; OK	（178）-（179）	好、成
2.形容具備完成特定事件能力的	can	（180）-（181）	能、能夠、成

（178）讀書光靠聰明，<u>行</u>不行呢？

（179）如果你要把美金換成台幣，請你再填一張表就<u>行</u>了。

（180）沒有鍵盤我照樣可以用電腦，你<u>行</u>嗎？

（181）每一次的演出，我都視為一項對自己的挑戰，不斷地告訴自己說「我<u>行</u>，我一定<u>行</u>！」

「成」的詞意也與表 21 對應，例句如下：

（182）萬事起頭難，不積極努力，怎麼成呢？
（183）我能一個星期不睡覺，你成嗎？（方言用法）

以上所指為與可能性模態詞有關之用法。《現代漢語八百詞》（呂叔湘 1999: 117）列出「成」的各類用法，主要有：（一）成功；（二）變成；（三）可以；行；（四）能幹（但罕見），例句分如下。由例（186）可知，成、可（以）與行是可互通的。例（187）的用法不見於台灣共通語。

（184）大功告成
（185）兩個人成了好朋友
（186）送到這兒就成了，請留步吧
（187）這個球隊可真成，這次又打贏了

需特別注意的是，「行」或「不行」雖可取代「可以」做為問句的答覆，如例（188），「成」也相同。然而「行」或「成」非模態詞，不可置於動詞之前。例（189）所示屬於非規範性的用法。

（188）　A: 我可不可以去打球？
　　　　　B: 不可以，不行。／可以，行。
（189）*我不行去打球。

　　綜言之，「行」出現在共通語，如「可行」，表示「行得通」。這裡的兩個詞並非實際之行走，而是外在可能實現之義。閩南語雖不採「行」作為模態詞，但接近的字有「通」thang。可通行，也表示允准或許可之義。查詢教育部《臺灣閩南語常用辭典》，「通」的對應華語為「可以」，可用於肯定或疑問句，也可以多音節詞「會得通」（ē-tit-thang）出現。「通」或「會得通」均可作閩南語的模態詞，置於動詞之前。由此可知，就兩字的字義而言，「行」與「通」乃近義詞，當代不同漢語方言中分別選用，有其道理。這裡提及之「可行」或「行得通」，涉及的漢字在本章均已論述。至於「成」，既能成功或達成，引伸為允准之義務模態義，自也不難理解。

第十節　小　結

　　關於可能性世界模態詞的發展模式，語言類型學領域學者曾提出以下途徑：

（190）ability（能力義）> root possibility（可能性字根）> permission（允准）

　　同時就能力、可能與允許之間的關聯性，學者也指出模態詞具有垂直（vertical）相關性，如下表所示。英語的 *may* 或 *can* 均可兼類，「穿梭」於認識、能力與義務三類模態義。

表 22　英語的可能性世界

	英　語
epistemic 認識義	*may*; *can*
ability 能力義	*may*; *can*
dynamic-external 外部動態義	*may*; *can*
deontic 義務義	*may*; *can*

　　以下分述漢語方言。當代共通語華語的可能性模態詞體系，如下表。其中表能力義之模態詞採單音節之「會」或「能」。其中「會」又可用以推斷未來，如同英語的 *will*。另有「可」的系統，表認識型合義複詞之「可能」，也表允准之「可以」。

表 23　共通語的可能性模態詞體系

	會的系統	能的系統	可的系統
epistemic 認識義	會 may, will	可能	可能
ability 能力義	會 can	能	
dynamic-external 外部動態義		能（夠）	可以
deontic 義務義			可以

　　當代閩南語的可能性模態詞體系與共通語華語不同。由表 24 可知，當代閩南語的可能性模態詞運用了「解」、「曉」、「使」、「用」等漢字。台灣閩南語的可能性模態系統共用字根 *e*（解），因 *e* 的語意丟失（loss of semantics），表示能力及義務類型的模態詞經重新分析（reanalysis）[18]組合，

---

18 重新分析的概念源自 Langacker（1977: 58）; Harris and Campbell（1995: 61）

形成雙音節的複合詞 *e-hiau*（解曉）、*e-sai*（解使）和 *e-ing*（解用）。如前所述，複合詞的型態也有三音節的組合，如 *e-hiau-tit*（解曉得）、*e-tit-thang*（解得通）。具有可能性意義的「得 *tit*」和「通 *thang*」添加於「解 *e*」，也是「解」的語意丟失的例證。

表 24　閩南語的可能性模態詞體系

	解的系統	曉的系統	使的系統	用的系統	其他	其他
epistemic 認識義	*e* 解					
ability 能力義		*e-hiau* 解曉				
dynamic-external 外部動態義			*e-sai* 解使	*e-ing* 解用	*e-tang* 解當	*e-tit-thang* 解得通
deontic 義務義			*e-sai*	*e-ing*	*e-tang*	

當代客語的可能性模態詞系統主要運用「會」、「曉」、「使」、「得」等漢字，如表 25 所示。

表 25　客語的可能性模態詞體系

	會的系統	曉的系統	使與得的系統
epistemic 認識義	*voi*		
ability 能力義	*voi* 會	*hiau-ded* 曉得	
dynamic-external 外部動態義			*sii-ded* 使得（四縣腔）；*zo-ded* 做得（海陸腔）
deontic 義務義			*sii-ded* 使得（四縣腔）；*zo-ded* 做得（海陸腔）

上表可能義模態詞的分野只是簡表，就實際使用來說，跨類使用的主要與次要用法因人因地而異。英語的 *may* 與 *can* 雖可垂直互用，但似乎也有個人偏好，漢語也是如此。

　　第三章整合了歷時與共時材料，探究個別字詞的歷時演變，同時回顧相關文獻，並考察當代共通語的共時語料庫所彙整的詞類與詞義，主要焦點在於模態義的說明。我們針對前面相關字的可能性模態義分類，綜合整理如下表。[19]

表 26　漢語可能性模態詞綜合表

	核心義	認識	能力	義務	當代語言層
解	懂得、知道	✓	✓	✓	閩南語
曉	懂得、知曉		✓		閩南語、客語
會	匯集、知曉	✓	✓		共通語、客語
能	有能力	✓	✓	✓	共通語
可	許可、可能	✓	✓	✓	共通語
得	得到、獲得、可能		✓	✓	共通語、閩南語、客語
使	使用、允許		✓	✓	閩南語、客語
用	使用、允許			✓	閩南語、客語
行	可行			✓	共通語
成	成功			✓	共通語

　　由表 26 可知漢語表達可能性模態義的豐富性。漢語各分支語（或稱方言）所採取的字有所不同，同一分支語也採用多於一類的模態詞，此現象與歷時演變息息相關。

---

19 「可」的認知義以「可能」的型態表示。

第四章 模態詞的否定

　　我們接著討論幾個重要的可能性模態詞之否定，惟僅限於共通語的否定模態詞。《現代漢語八百詞》列舉了六類「能」的用法（呂叔湘 1999: 414-415），其中四類已納入本書第三章之歸類，剩餘的兩類與否定和疑問有關，如下（一）與（二）。呂指出「不能」用於否定或疑問句，肯定用「可以」。換句話說，「能」在否定與疑問的情況下，轉變成外部允許義，屬義務類模態詞。

　　（一）表示情理上（不）許可：
（191）我可以告訴你這道題怎麼做，可是不能告訴你答案。
（192）我們能看著他們有困難不幫助嗎？

　　（二）表示環境上（不）許可：
（193）這兒能不能抽菸？
（194）那兒可以，這兒不能。

　　劉月華，潘文娛，故韡（2004: 182）指出，「可以」用於疑問表示允許義，否定回答時雖可用「不可以」，然一般多用「不行」或「不成」。

（195）（敲門）可以進來嗎？ 答：<u>不行/不成</u>。
（196）這兒可以吸菸嗎？ 答：<u>不行/不成</u>。

　　以下各節探討前一章（第三章）所述認識類、能力類與義務類等三類模態詞之否定，分別為不可能、不會、不能、不可（以）、不得。同時我們也列入「不行」與「不成」。

第一節　不可能

　　認識義模態詞「可能」之否定為「不可能」，從肯定的可能性推測經過否定的轉換，成為全盤否定動作事件發生的可能性。這是跨語言共同的邏輯。如，英文模態詞從 *may* 轉化為 *cannot/can't*。若採用模態詞來翻譯，下兩句 *may* 的中文可譯為「可能」，*can't* 譯為「不可能」。對照中英文即可發現差異性。

（197）He **may** be home. 他<u>可能</u>在家。
（198）He **can't** be home. 他<u>不可能</u>在家。

　　關於漢語認識義的否定詞「不可能」，「中文詞網」（黃居仁等 2010; Huang et al. 2003）提供以下二義，對應例句如下：

表 27　不可能的詞意

意義	例句
1. 表不能成為事實或不是事實	（199）
2. 形容不會實現的	（200）

（199）人的一生，<u>不可能</u>都是喜和樂，哀和怒也是會出現的。

（200）他認為，以四年的時間修完夜間部五年的課程是<u>不可能</u>的。

第二節　不會

在「中文詞網」中查詢不到「不會」作為否定模態詞的詞義，只有常用的回應詞，如例（201）。台灣地區所用「不會」，其他地區的共通語使用者可能回應：「行」。回應「不會」就如同針對英語 *Thank you* 的回應：*Not at all*，如例（202）。

（201）「麻煩你了。」「<u>不會</u>，樂意之至。」

（202）A: Thank you for your help. B: Not at all.

我們繼而運用「搜文解字」（黃居仁等 2000；Huang 1999）之下「搜詞尋字》的「造詞搜尋」系統查詢「不會」，找到「不會」的四種用法，羅列如下。其中第二種用法的「會」為動詞。後兩類在當代共通語相當普遍：（三）為能力義，（四）為

意願義。在前面的字義考察也都涵括了，不再贅述。

（一）不至於，如：汝川中<u>不會</u>諂佞，吾中原豈有諂佞者乎？（《三國演義・第六十回》）

（二）不見，不會面，如：所有賀節來的親友一概<u>不會</u>，只和薛姨媽、李嬸二人說話取便。（《紅樓夢・第五十三回》）

（三）不能，如：這孩子到現還<u>不會</u>說話，真令人擔心。

（四）不。如：我絕<u>不會</u>告訴你他的去處。

將第三章關於「會」對應例句加以否定，略加更改，如下各例。發現「會」做為動詞的用法，無法以「不」否定，如例（203）與例（204）。因為「會情人」或「以文會友」均已成為凝固詞。強調特質的「會」，如例（207），也沒有否定型態。只有當「會」作為模態詞，表達具備某項本領時，才能以「不」加以否定，如例（205）與例（206）。

（203）*一天晚上，隻身搭車到善化一<u>不會</u>情人

（204）*達到以字<u>不會</u>友的好處。

（205）<u>不會</u>德語和中文。

（206）他<u>不會</u>游泳。

（207）*現在的學生很不<u>會</u>批評，而且有些態度很不客氣。

如同「不可能」，「不會」也可用於全盤否定可能性。周小兵、朱其智與鄧小寧（2012）剖析例句（208）中「不能」的錯誤使用，源自於英文的對譯 *can't*。他們解釋「不能」表

沒有能力或條件，或情理上不許可，若要表示不具備客觀的可能性，要用「不會」（周小兵等 2012：99）。而《漢語病句辨析 900 例》（2009: 60）指出「不可能」也適用於該句。

（208）　A: 阿里在家嗎？
　　　　　B: 她現在*不能/不會/不可能在家。

第三節　不能

　　「中文詞網」將「不能」歸屬於副詞（本書認定為模態詞），其模態義有兩類：前兩義屬於能力義，一為內部義，一屬外部義。第三義為禁止義，為義務型模態詞允許的否定。這是「能」在可能模態世界中的語意轉換，表能力義之主要模態詞「能」，經過否定的轉換之後，成為表禁止之義務義模態詞。

　　回顧第一章所述之可能性世界模態詞的細分類，我們發現「能」至少跨越三個次類，為垂直（vertical）兼類。此三次類如表 28 與例句（209）至（211）所示。[1]

表 28　不能的詞意

意　　義	例句
1. 表不具備完成特定事件能力	（209）
2. 表不具備達到後述事件成立的條件	（210）
3. 表不允許後述事件發生	（211）

---

1 例句與詞意均來自「中文詞網」。

（209）當時他有長達一年的時間<u>不能</u>好好吃東西、喝飲料，左眼也是閉著的。

（210）其實在平時我們已節省度日，但是有些費用是<u>不能</u>省的。

（211）電影院門口裝設安全門，連手錶和手機都<u>不能</u>攜入。

　　在偏誤方析方面，周小兵等（2012）分析《漢語病句辨析 900 例》（2009：60）關於能願動詞的病句，指出表示主客觀條件或情理上許可時，肯定用「可以」，否定要用「不能」，例句如下：

（212）如果你沒有錢，<u>*不可以/不能</u>結婚。

　　根據尹菀榕（2013：70）的語料庫分析結果，「可以」的否定以不同型態出現，其中「不能」約佔 44% ，「不可以」僅佔 11%。這就是肯否的不對稱。她也列出這種不對稱出現在新版《實用視聽華語》教材的冊數與課數，並指出該教材缺乏進一步的說明（尹菀榕 2013：88）。

第四節　不可（以）

　　我們先看「不可以」，再觀察「不可」的詞意。《中文

詞網》列出「不可以」的第一義之同義詞，除了「不可、不許、不容」之外，還包括「使不得、不能」；反義詞則為可以、容（許）、使得。

表 29　不可以的詞意

意　　義	同義詞	例句
1.表不允許後述事件發生	不許、不可、不容、使不得、不能	（213）
2.表不具事件成立的合理條件		（214）

（213）我為什麼<u>不可以</u>決定我自己想吃什麼？

（214）十八歲以下小朋友，<u>不可以</u>到電玩店玩賭博性電玩。

　　「不可」的詞意如表 30 所示。按「中文詞網」，前兩者為副詞，最後一項為不及物動詞。第三義「非...不可」為雙重否定。對應例句如下。

表 30　不可的詞意

意義	同義詞	詞性	例句
1.表不允許後述事件發生	不可、不許、不容、使不得、不能	副詞	（215）
2.表不應該	－	副詞	（216）
3.形容前述對象是必要的條件。常用「非...不可」。	－	不及物動詞	（217）

（215）充實的內容與深刻的思想，都是一首好詩<u>不可</u>缺少的要素。

（216）此處<u>不可</u>隨地吐痰及丟棄垃圾。

（217）要走過這片曠地，<u>非</u>晒到太陽<u>不可</u>。

　　需要說明的是，「中文詞網」將表30第三義列為不及物動詞，我們認為與前兩義同列副詞較為恰當。按(217)「<u>非</u>晒到太陽<u>不可</u>」，「<u>非</u>（…）<u>不可</u>」為存古用法，該短句以當代語可解釋為「不能沒有晒到太陽」。[2]

　　綜上所述，我們觀察到四個要點：

　　（一）「不可以」的禁止義與「不可」相同，即兩表格所列的第一義；
　　（二）「不可以」與「使不得」同義，後者雖可為共通語的書面體，卻體現於客語的口語層；[3]
　　（三）「能」的否定詞「不能」，除了否定能力義（例209），還可否定允准義，而成為禁止義（例212），用法等同於「不可以」；
　　（四）不可（以）即是不容許。
　　（五）「非…不可」為固定用法，「不可以」無法與此「不可」互換。

2　「中文詞網」所列之副詞實則為本書所討論之模態詞。語言學與教學各界對於此名詞之使用略有差異，詳見第五章第二節之討論。
3　在前面歷時分析中提及「使得 sii-ded」、「使不得 sii-m-ded」（對應漢字按教育部為「使毋得」）為客語的義務型模態詞。

第五節　不得

　　根據「中文詞網」（黃居仁等 2010; Huang et al. 2003），「不得」表不可以。值得注意的是，我們在討論前述關於「得」的模態義時曾指出，「得」在共通語屬於書面體，等同於「可以、能夠」。「得」的肯定用法只能在動詞前，不能在動詞之後。否定則兩個位置均可。

（218）球賽中，一球可能是勝負關鍵，可說是絲毫大意不得。
（219）依據軍方的規定，記者不得透露軍事行動地點名稱。

　　「不得」有「V＋不得」和「不得＋V」兩種句式。我們進一步考察「不得」的詞彙組合，發現在 48 個含「不得」的三音節詞之中，以後置型的「V＋不得」的能產性較高，如：見不得、求不得、說不得、吃不得等。[4]
　　而另一句式「不得＋V」（亦即，前置的「不得」）多為固定用法，如：不得了、不得已、不得而知、不得要領、不得好死、百思不得其解、不得其法和萬不得已等八個。
　　我們利用「搜文解字」（黃居仁等 2000；Huang 1999）之下「搜詞尋字」的「造詞搜尋」系統考察「不得」，發現其中一義為「不能、不可以」，如例（220）。例句前半段採用了「使得」對應於後半句的「不得」，前面表示許可或允

---

4 資料來源同為「中文詞網」。

准，後面為不許可或禁止。從《紅樓夢》的資料得知，漢語否定詞「不能、不可以」與「不得」是相通的。然而，例（220）不是當代用法，當代共通語的模態詞通常出現在動詞前。

（220）我們都去了<u>使得</u>，你卻去<u>不得</u>。（《紅樓夢》第六十二回）

　　在漢語分支語中，客語採「使得 *sii-ded*」為口語層模態詞，其否定為「使毋得 *sii-m-ded*」或「毋使得 *m-sii-ded*」；而在當代共通語中，「使（不）得」已不適用於口語層。根據教育部《台灣閩南語常用詞辭典》：「得」讀音 tik，為文讀音，意思為「能、可以」。閩南語雖也有「不得」的用法，但極為限定，如例（221），存在於文讀層或熟語，如例（222）。

（221）put <u>tik</u> iú gōo.
　　　　不得有誤。
（222）Tsē hōo tsiànn, <u>tik</u> lâng thiànn.
　　　　坐予正，得人疼。（坐姿端正，才能得人疼愛。）

第六節　不行

　　根據「中文詞網」，「不行」的模態義為「形容表示不同意或不允許」，例句如下，三句中「不行」的語序均不在動詞之前。換言之，就規範性語法而言，「不行」無模態詞

的用法。

（223）打少林拳有很多規定，不遵守<u>不行</u>。

（224）在臺灣認為開車超速沒有關係，美國人說開車超速<u>不行</u>，這就是判斷的不一樣。

（225）李敖卻一輩子受排擠，連到台大教書都<u>不行</u>，只好用自己的方式，在這個社會殺出一條血路。

　　然而，在當代台灣的共通語口語中，「不行」常作模態詞使用，如例（226）。

（226）他<u>不行</u>這樣。

　　曾心怡（2003：114）認為這種將「不行」當助動詞表情理上許可允准之用法，乃受到台灣閩南語對應的 *e-sai* 或 *e-tang* 之影響。[5]

第七節　不成

　　「中文詞網」未列「不成」的組合與用法。我們改而考察「造詞搜尋」系統，發現經典古籍語料庫中關於「不成」有三種用法，如下。其中第一例之「成」為成就之意，第二例之「成」為實現，第三例顯示以否定詞「不成」反詰某個

---

5 這種變化稱為語言變體（language variation），是語言變遷下的產物。

事件。

（一）無所成就。

（227）項籍少時，學書不成，去學劍，又<u>不成</u>（《史記・項
　　　　羽本紀》）

（二）不行。

（228）寶玉伸手要，襲人遞過，寶玉掖在被中，笑道：這可
　　　　去<u>不成</u>了（《紅樓夢・第五十七回》）

（三）難道。表示反詰的語氣。

（229）看你怎地奈何我！沒地里倒把我發回陽谷縣去<u>不成</u>？
　　　　（《水滸傳》第二十八回）

第八節　小　結

　　模態詞肯否定的不對稱，過往文獻多所著墨。可能性模
態詞的肯定與否定的對應關係，劉月華等（2004: 185）列得
相當清楚，我們重新分類整理，並於表格後依序說明之。

表 31　認識類模態詞的肯定與否定

可能性　epistemic modals	
肯定型	否定型
可能	不可能
會	不會
能	不能
得 děi	不會

　　之前我們提到「會」與「可能」的實現程度不一樣，單一字「能」用以表達可能性有地域性的差異，學者也觀察到了。劉月華等（2004: 180）更指出「得」可表示估計、推測，在語氣上比「會」更肯定，例句如（230）。然而，查詢「中文詞網」，我們發現台灣的共通語中並無類似用法。

（230）這個丫頭啊，我看早晚得當了我的兒媳婦。

　　我們考察外在能力義模態詞時，發現不只是「能」，「可」或「可以」也用於外在能力義。

表 32　能力類模態詞的肯定與否定

主客觀條件容許	
肯定型	否定型
能	不能
可	不可
可以	不能

（231）我可以連熬三天三夜。
（232）我不能熬夜。

之前提及「可以」為漢語義務類的主要模態詞，而考察否定詞「不能」時也發現該詞兼具能力與禁止義，見表 24。

最後，我們要談表 33 中肯否不對稱的三個模態詞組。其中「不准」與「不許」的肯定模態詞不是「准」或「許」，而是「可以」；「得」的肯否對應也是不對稱的，「得」單獨一字不用作表准許義的模態詞。上述不對稱的現象，在客語也觀察得到，如表禁止義的「毋使」，肯定不用「使」而是「使得」。

表 33　義務類模態詞的肯定與否定

情理上許可		准許	
肯定型	否定型	肯定型	否定型
可以	不能	可以	不能/不可以
可	不可	可以	不准
		可以	不許
		可以	不得 dé

本章（第四章）分析比較華語否定模態詞意的異同處。我們只討論了動前「不-Modal」型態，未擴及 V-不-C 結構。[6]閩南語與客語的分析性（analyticity）不似華語那麼強，譬如閩南語有否定合音詞，否定模態詞也未必單純是「否定加上肯定詞」的組合，恐非三言兩語可說得清楚。限於篇幅與本書主旨，在此暫略。有興趣的讀者可參閱相關文獻。

---

6 V 表 verb（動詞）；C 表 complement（補語）。請參考第五章第六節「得」的可能義。

第五章　華語文教學應用

　　我們首先看華語教學教材關於模態詞的編寫內容，接著看語法書關於可能性模態詞的解釋，最後根據本書的分類，整理現有的語法書與辭典關於可能性模態詞的介紹。

第一節　華語教學應用

　　本節以國立臺灣師範大學主編，正中書局所出版之新版《實用視聽華語》五冊教材（以下簡稱《視華》教材）為例，針對表可能性之各類模態詞，找出對應句型或例句，介紹如下。

一、會

　　考察《視華》教材所列包含「會」的例句，「會」分別使用於肯定句、否定句，與以「嗎」為句尾詞的疑問句。這些句子並非「會」的練習句，教材也未說明「會」的使用時機。[1]

---

1 例句取自「了」的語法點：change of status with particle 了。

（233）我<u>會</u>唱這個歌兒了。（B2L1P17）²

I can sing this song (now).

（234）現在我<u>會</u>說一點兒中國話了。（B2L1P18）

（235）他還不<u>會</u>寫中文字嗎？（B2L1P18）

（236）他還<u>會</u>唱那個歌兒嗎？（B2L1P18）

（237）你還不<u>會</u>開車嗎?（B2L1P18）

二、可以

以下對話中使用表允許的「可以」，然教材亦未說明使用時機。

（238）大明：媽，下星期我<u>可以</u>把同學帶回家來玩兒嗎？
（B2L7P154）

Daming: Mom, next week can I bring my classmates for a visit?

媽媽：當然<u>可以</u>，以後歡迎他們常來玩兒。

Mother: Of course you can. From now on, they are welcome to come over for a visit often.

三、可能

《視華》教材未提「可能」的使用時機。根據教材裡的

---

2 B2L1P17 表 Book2 Lesson1 Page17（第二冊第一課第 17 頁），以下類推。

英文說明，得知「可能」可為副詞、謂語形容詞或名詞，例句（239）的翻譯以 *posssible* 對應「可能」，為形容詞。

（239）可能 possibly/ to be possible / possibility 　（B2L1P13）

他覺得不舒服，<u>可能</u>感冒了。

He is not feeling well. It's <u>possible</u> that he had a cold.[3]

　　這種中英對譯結果也是可理解的，因為中文是語形相對貧乏的語言，詞類變換時常不需變化型態。在第一章我們曾提及英語表認識義的 *may* 或 *can* 所表達的就是 *it is possible that* …這種句型。因而，「他可能感冒了」可譯為例（240）。例（239）與例（240）兩句的差別在於詞類（part of speech）：*possible* 是形容詞，而 *may* 或 *can* 是模態詞。

（240）He <u>may</u> have caught a cold.

　　劉月華等（2004: 184）提及「可能」除作能願動詞之外，也用作名詞，意思是「可能性」；同時可以是副詞，表示「也許」、「或許」的意思。

四、也許

　　「也許」在漢語中多半歸屬於副詞類，因「也許」亦屬

---

3 該教材原句為：He feels uncomfortable. It's possible he has a cold.

可能的世界（world of possibility）之一員，因此本節也列入討論。[4]該詞的英文對譯包括副詞（*perhaps* 及 *maybe*），也包括模態詞（*might*）。有趣的是，《視華》教材中例句的中文則採模態詞 *may*，在此若將 *may* 翻成「可能」，中英文的詞類是比較能對應的。

（241）　也許: perhaps, maybe, might（B2L1P12）
　　　　明天我<u>也許</u>不來。
　　　　I <u>may</u> not come tomorrow.

　　該教材也將動詞「許」納入，如例 242。本書第四章曾探討漢語模態詞垂直式（vertical）的相關，這種概念似乎也表現在「也許」此複合詞的組合上：「許」（*to allow*）為義務型的動詞，上句「也許」為認識型模態副詞，在前述歷時分析中是有相關性的，故而本研究一併討論。

（242）許　V: to allow, to permit（B2L1P13）
　　　　媽媽不許我一個人去旅行。
　　　　Mother won't allow me to travel by myself.

五、不能不

　　「不能不」的詞意屬於必須的世界（world of necessity），而非可能的世界。該教材所列雙重否定「不能不」的用法如

---

4 模態詞的判定請參考 Li and Thompson（1973: 172-174）。

下：

（243）不能不 cannot avoid, must certainly（L12P325）

　　如：我看情況已經嚴重得<u>不能不</u>重視了。
　　It seems to me the situation is already so serious that one
　　can no longer avoid placing great importance on this issue.

　　「不能不」意思是「**應該**」、「**必須**」、「**一定得**」。
　　表示「不這樣做不行」。跟「不得不」有分別。「不得不」
　　帶有被迫或有外力介入之意涵，不純然是需求。

　　如：飛機快起飛了，<u>不能不</u>走了，要不然就來不及了。
　　The airplane is going to take off soon. You **must** go now,
　　otherwise you won't make it.

　　綜上所述，新版《實用視聽華語》教材似乎未將模態詞
列為句型或語法，做為教學主題之串連。我們接下來討論漢
語語法書關於模態詞的定義與說明，並探索相關的研究成
果，希望能藉此機會彌縫學術研究與教學實務之距離。

第二節　華語模態詞

　　模態詞在華語教學領域或語法書中一般稱為助動詞。Li

and Cheng（1990: 40）一書將助動詞定義為幫助動詞表示「可能、需要或願望」的詞。他們再將助動詞區分為五類，本書將之列表如下：

表 34　漢語助動詞的分類

可能	表示有某種技能、能力的	能、能夠、會
	表示可能的	能、能夠、會、可以、可能
需要	表示情理上需要的	應該、應當、該、要
	表示必要的	必須、得（děi）
願望	表示主觀願望的	要、想、願意、敢、肯

劉月華等（2004: 170-171）則稱上述為能願動詞，分類方式大同小異。最上兩列隸屬於本書所稱之「可能性的世界」。由上表最右欄可知，各模態詞的類別非單一，時見兼類的使用，本書前面章節已提及。

另一本語法書 Ross and Ma（2006: 69）稱模態詞為 modal verbs，並將之區分為五種，分別為表達可能（possibility）、能力（ability）、允許（permission）、義務（obligation）與禁止（prohibition）。[5]本章先討論與可能的世界有關的前三類。以下第三至五節的討論係依據第二章的分類方式，將語法書或詞典的材料納入作為比較。

第三節　表達可能性

一般的語法書或辭典多認為「會」與「可能」均可表達

---

5 該書以英文撰寫說明，輔以中文例句。

可能性，事實上「能」與「得」也有可能義，以下依序說明。
「得」則在第五節說明。

一、可能與會

劉月華等（2004: 184）認為「可能」一詞可表達可能性。
他們並說明該詞表示客觀的可能性，用於未發生或虛擬的情
況，例句如下。

（244）我看今天天氣不錯，不<u>可能</u>下雨。
（245）在這次行動中，<u>可能</u>遇到什麼事呢？

Ross and Ma 也認為「會 *hui*」表達可能性，發生於未來
時間（future time），如例（246）所示。此觀點與劉月華等
（2004）的意見不全然一致，後者認為相較於「可能」，「會」
表示可以實現，包括已然或未然的情況（2004: 184-185），
如例（247）與例（248）。

（246）明天<u>會</u>下雨。It may rain tomorrow.
（247）過去，我是不<u>會</u>同意這樣做的。
（248）明天早晨我<u>會</u>把準確的數字拿出來。

簡言之，「會」與「可能」均可表達可能性，但發生機
率不同。我們認為「會」與「可能」在非實然（unrealis）的
狀況下幾可互換。「會」在表意願（volition）時，無法與「可

能」互換。表未來推測時，採用「會」時表說者認為所描述
事件的發生機率較「可能」來得高。

　　再者，呂叔湘認為「可以」也可作可能解（呂 1999: 337），
如例（249），顯示模態詞兼類使用之普遍性。

（249）這間屋子<u>可以</u>住四個人。

　　「可以」表達可能性，又如陳玉華（1999）和尹菀榕（2013）
之分析。陳玉華（1999: 139-140）指出，就她說分析的華語
病句資料庫而言，錯誤發生最高的是當「可以」作為可能解
釋時之否定，此時並非採用「不可以」而是「不能」。除了
「不能」之外，也可採用可能補語的否定式，即所謂 V-不-C
的句式，改寫例（250）如下：

（250）這間屋子<u>住不下</u>四個人。

二、能

　　事實上，「能」單獨一字就足以表達可能性。《現代漢
語八百詞》中提及「能」可表示有可能（呂叔湘 1999:
414-415），如：

（251）天這麼晚了，他<u>能</u>來嗎？我看他<u>不能</u>來了。
（252）滿天星星，哪<u>能</u>下雨？

　　呂進一步補充此類用法（本書所列之認識模態義）的三個要點：

　　（一）常與表可能的「得」同用，例如下：
（253）只要認真讀下去，就<u>能</u>讀<u>得</u>懂。

　　（二）可用在「應該」後面或「願意」前面，例如下：
（254）這本書寫得比較通俗，你應該<u>能</u>懂。
（255）搬到這麼遠的地方，他們<u>能</u>願意嗎？

　　（三）「不能不」表示必須、應該，雖看似雙重否定，但不等於「能」，例如下：
（256）因為大家不瞭解情況，我<u>不能不</u>說明一下。

　　我們在歷時分析中曾指出「能」與「得」均有表可能之語義。我們發現例（253）中「能」與「得」共現，此應屬 bridging context 的作用，兩近義詞同時出現，是語法化過程中常見的現象。[6] 前述第二類用法涉及模態詞的語序。不同類別的模態詞合用時有語序限制；一般而言，當「應該」出現在「能」之前時，此「應該」表推測而非義務。至於第三類所列，事實上並非認識型模態義。模態詞的否定與疑問涉及邏輯關係，在此不加討論。
　　呂叔湘（1999: 416）曾指出中國各地區對於使用「能」或者是「會」來表達可能性有所偏好：北方人偏好用「能」，

---

6 Bridging context 源自 Heine（2002: 84），一般譯作「搭橋語境」。

其他方言區則傾向使用「會」，如例（257）至（258）。我們將之整理如表 35 所示。

（257）下這麼大雨，他<u>能（會）</u>來嗎？
（258）早上有霧，今天大概<u>能（會）</u>放晴了。

表 35　華語表可能性之認知模態詞

詞義	例句	會	可能	能
表客觀的可能性	(251)-(254)		√	√
表可以實現	(257)-(258)	√ （其他方言區）		√ （北方）

　　綜言之，模態詞的使用具有區域差異，如同英語採用 *may* 或者是 *can* 來表達認知型的可能性，因人因地而異。[7] 漢語共時的模態詞使用具有地域差異性故而不足為奇。當然，這當中可能包含語言的內部變遷，此論點仍有待充足的語料或跨地域的語言調查方能佐證。吾人也不能一廂情願地將 *may* 和 *can* 分別翻譯為「會」和「能」，因為 *will* 也具有中文「會」的功能。中英兩語模態詞的對應實難一言以蔽之。

第四節　表達能力

　　Ross and Ma（2006: 69-70）認為「會」、「能」及「可以」均可表達能力。「會」表與生俱有的或習得的能力，如例（259）和（260）；「能」表示外在能力（physical ability）

---

7 請參考 Collins（2009）.

或不受阻力（unobstructed ability to perform some actions），如例（261）和（262）；「可以」有時可用以表達以上兩種能力（*keyi* is sometimes used to express knowledge-based or physical ability），如例（263）和（264）。

（259）她<u>會</u>說中文。

She **can** speak Chinese.

（260）我不<u>會</u>寫那個字。

I **can't** write that character.

（261）他的嗓子疼，不<u>能</u>說話。

His throat is sore. He **can't** speak.

（262）現在在修路。不<u>能</u>過。

The road is being repaired now. You **can't** cross it.

（263）你可不<u>可以</u>寫你的名字？

Can you write your name?

（264）她已經八十歲了，可是還<u>可以</u>騎自行車。

She is already eighty years old but **can** still ride a bicycle.

值得關注的是，上述每句英語都用 *can*，但對應的中文卻可為「會」、「能」或「可以」。然而，「會」、「能」及「可以」之間仍有細微差異處。劉月華等（2004: 184）也提出前述學者所言之第一類功能，並說明「會」乃經學習而得，不需學習的只能用「能」，不能用「會」。

（265）你<u>會</u>說幾種外語？

（266）老師，我病了，不*<u>會</u>/<u>能</u>去考試。

但根據 Sun（2006: 155）的例句，我們推敲需學習而得的似乎仍可用「能」，如例（267）。

（267）a. 他<u>能</u>說流利的中文，你<u>能</u>嗎？

　　　　He can speak fluent Chinese. Can you?

　　b. <u>能</u>/我也<u>能</u>。

　　　　（Yes, I）can./（Yes）I can too.

整體而言，關於「會」與「能」的區別，呂叔湘（1999: 415）的說明應屬最為詳盡，我們將之整理如表 36。

表 36　表動態能力義之模態詞

	詞類或詞義	會	能	例句
1	動詞：熟悉、知曉	√		（268）
2	有能力或有條件做某事		√	（269）
3	善於做某事	√	√	（270）-（271）
4	具備某種能力	√	√	（270）-（271）
5	初次學會某動作或技能	√	（√）	（272）
6	恢復某種能力		√	（273）
7	達到某種效率		√	（274）
8	有某種用途		√	（275）

以下進一步說明表 36 並提供對應例句。首先，「會」的特性之一為「會」可當動詞使用，表熟悉、通曉（呂 1999: 278），如例（268）。而「能」只有助詞的用法（詳呂 1999: 415-416）。有能力或有條件做某事用「能」，如例（269）。

「能」或「會」均可表達善於做某事（呂 1999: 416, 278），如例（270）和例（271）。特別注意的是，在此種「會」的使用之下，修飾詞「最」與「很」不可省略。

（268）他<u>會</u>漢語。
（269）我們今天<u>能</u>做的事，有許多是過去做不到的
（270）我們這三個人裏，屬他最<u>能</u>寫。
（271）他很<u>會</u>演戲。

　　呂認為初次學會某動作或技能主要使用「會」，恢復某種能力用「能」，對比如下：

（272）以前他<u>不會</u>游泳，經過練習，現在他<u>會（能）</u>游了
（273）我病好了，<u>能（*會）</u>勞動了

　　表 36 後兩項詞義的例句如下：

（274）小李<u>能（會）</u>刻鋼板，一小時<u>能（*會）</u>刻一千多字
　　　　〈達到某效率〉
（275）橘子皮還<u>能</u>做藥〈有某種用途〉

　　周小兵等（2012：99）解釋《漢語病句辨析 900 例》所列病句的產生原因，他們認為例（276）後半句表「具備某種條件」，因此模態詞只能用「能」，無法使用「會」。

（276）只有有才能的人，才*會／能當大使。

最後，表達能力的模態詞，除了「能」與「會」，還有
「可以」。根據劉月華等，「可以」用於「主觀上具有某種
能力」（2004: 181），如例（277）和（278）；呂叔湘（1999）
未列此用法，而 Ross and Ma 認為允許義才是「可以」的主
要用法。

（277）他可以說三種外語。
（278）這本書我今天可以看完。

我們認為例（277）單獨聽起來還是有些彆扭，當我們描
述某人「可以」用三種外語和客戶交談，乃是因為他「會」
三種外語或他「能說」三種外語，這樣的語境似乎比較貼切。
　　關於「能」與「可以」的互換性，尹菀榕（2013）運用
三個語料庫分析華語模態詞的使用通則提出其觀點。[8] 她認
為此兩字常可互換，然而當「可以」不能換作「能」時，表
主語無能力跨越事件中所提之障礙（尹菀榕 2013：69）。
反之，可換為「可以」的「能」，用「能」的原因是「能」
可表達主語有強大的主控性（尹菀榕 2013：70）。我們認
為語料庫分析結果有其優勢，其一為資料的客觀性。對於語
言的主觀性在撰寫語法書時比較難避免。而尹的前述研究因
具有近期性，語料內容足以反應當代共通語，客觀性相對也

8 北京大學 PKU 語料庫、台灣聯合新聞網和台灣中研院現代漢語平衡語料
　庫。

較高。然而，語料庫中的語料也可能有區域差異性，她所採用的語料庫一個屬於普通話，其他兩個為台灣的共通語國語。可能必須再深究句子的來源，對照於語料庫的區域屬性。

此外，我們認為「可以」雖可表達能力義，卻不能用於表達總類（generic）。如例（279），模態詞「可以」排除在外。表能力的「能」雖也適用，如例（280），但例（279）與（280）語意指涉不同。前者的主語為不定指，後者為定指。譬如，原本受了傷的天鵝，傷癒後「能」飛了。「會飛的天鵝」就如同「會」爬行的烏龜一般，屬與生俱有的本能。

（279）天鵝*可以/會飛。
（280）天鵝能飛了。

最後，補充表達能力的疑問句。「可以」在疑問句中呈現另一種風貌。譬如周小兵等（2007: 100）指出「可以」在疑問句中表示請求許可，而非對能力的詢問。所以，例（281）不可用「可不可以」詢問，必須改為「能不能」。

（281）在十天內，你們*可不可以/能不能把箭造好？[9]

我們在第四章提及模態詞的肯、否定具有不對稱性，而疑問與否定相同，都屬非實然（unrealis），因此陳述句所能使用的模態詞未必能直接置入相關的疑問句，這又形成了二

---

9 原句為：在十天內，你們可不可以/能不能造好箭？，為《漢語病句辨析900例》（2009: 60）所列關於能願動詞的病句之一。

語習得（second language acquisition）的另一難點。

　　在教學運用層面，尹菀榕（2013）指出應依據模態詞出現的詞頻高低，慢慢列入各階段教材中（現有教材多已遵循此原則），她並且詳細說明否定式以及容易混淆的模態詞之間的關係。請讀者自行參閱其研究。

第五節　表達允許

　　如本書第二章所述，在可能的世界裡，義務型（deontic）的模態詞表達允許，否定則表禁止（prohibitive）。首先，Ross and Ma（2006: 70）指出「可以」的主要用法為表達允許（the primary use of *keyi* is to express permission to perform an action），如例（282）；其否定為「不可以」。劉月華等（2004: 182）也指出，「可以」可用以表示情理上許可，如例（283）。

（282）媽媽說我<u>可以</u>跟你去看電影。

　　　　Mom said I can go with you to see a movie.
（283）休息室裡<u>可以</u>吸菸。

　　其次，劉月華等（2004: 181）認為例（284）中的「可以」乃「具備某種客觀條件」。回顧前面的例（257）關於南北方的使用偏好，將例（284）的「可以」改為「能」也是說得通的。

（284）你明天<u>可以/能</u>再來一趟嗎？

　　「可以」的第三種用法是值得（呂叔湘 1999: 338；劉月華等 2004: 182）。參看表 36，可發現「可以」的此義為「會」或「能」所無。我們認為下兩句的「可以」意思接近「不妨」，表示建議。特別注意的是，此項「可以」作「值得」的用法非屬模態義。

（285）他覺得路遠，不值得去，我倒覺得還<u>可以</u>去看看。
（286）這本書寫得不錯，你<u>可以</u>看看。

　　呂還列出「可以」的第四種用法：用途（呂叔湘 1999: 338），如例（287）。回顧前面章節的歷時分析，此用法其來有自，此乃因「以」有「用」之意，「可以」自然能解釋為「可用以」：可用來做某（種）用途。相較於上述其他三類用法，此用法的「可以」較不虛化亦非模態詞，「可」與「以」兩字的意義仍能各別解讀。我們也發現此用法的「可以」與「能」可互通（有某種用途）。

（287）棉花<u>可以</u>織布，棉籽還<u>可以</u>榨油。

　　前小節指出例句（275）中的「能」也表具有某種用途，若視「以」為「拿來或用以」，更改（287），將「可以」置換為「能」，如例（288），也是合法句。儘管「能」似乎可

帶入例（288）中，我們認為添加「拿來」二字之後，語句較為通順。

（288）棉花<u>能</u>（拿來）織布，棉籽還<u>能</u>（拿來）榨油。

我們將上述比較結果整理成表37。除第一類外，其他三類均非義務型（deontic）的模態詞。在第二與第四類中，「可以」與「能」可相互替換。第三、四類不表可能性。

表 37　「可以」的用法

用法	例句	與「能」的互換
1a　允許	（282）	✗
1b　情理上許可	（283）	✗
2. 具備某種客觀條件	（284）	✓
3. 值得	（285）-（286）	✗
4. 用途	（287）-（288）	✓

在允許義的語法偏誤方面，主要發生在否定與疑問。周小兵等（2012: 100）指出例（289）之所以為病句，乃因表示主客觀條件或情理上許可時，肯定用「可以」，否定要用「不能」。

（289）如果你沒有錢，*<u>不可以</u>/不能結婚。

他們同時指出，表（請求）許可時，問句用「能」或「可以」均可，但附加問句只能用「可以」，如例（291）。這裡的附加問句應改為「可以嗎」（周小兵等 2007：100）。

（290）這兒<u>能不能/可不可以</u>吸菸？

（291）請把你的詞典借我用用，*<u>能嗎</u>？

　　以上屬於語義（semantics）偏誤，然語序（word order）偏誤也常見。周小兵等（2012: 102）指出，「可以」只能出現在謂語動詞之前，如「你的詞典<u>可以</u>借用一下嗎」，不能依照英語的詞序，病句如（292）。

（292）*<u>可以</u>你的詞典借用一下嗎？

　　　　May I use your dictionary?

　　關於「可以」的教學與教材設計建議，陳玉華（1999: 135-136）針對她所檢驗的華語教材，認為教材中對於多義的「可以」涵蓋面不夠廣。針對各類「可以」的教學順序，陳玉華（1999: 135）的建議如（293）所示。

（293）可以 $_2$（表許可）>>可以 $_1$（表可能）>>可以 $_3$（表用途）>>可以 $_4$（表值得）

　　我們認為上述順序同時也顯示「可以」的主、次要用法，以及各用法之使用頻率高低。使用機率高者，在教學上自然要先強調。這些「可以」的語意，包括實詞義的用途與值得，以及虛詞義（具體言為模態詞）的許可與可能，在本書前面章節的歷時與共時材料中均已探討，請讀者自行回顧。

第六節　「得」的可能義

一、「得」的潛能義

　　「得」在當代華語用法頗多，其一為潛能性。我們查找「中文詞網」（黃居仁等 2010; Huang et al. 2003），卻沒有找到「得」的此類結構助詞用法，但關於虛詞的語法書則多所提及。第三章第七節曾提及「得」用在動詞後作動詞的補充成分，表示可能或可以（何樂士 1985: 97-99），如例（294）所示，重複如下。

（294）進退不<u>得</u>，為之奈何？（《吳子・應變》）

　　根據《現代漢語虛詞釋例》（2010: 133-134），「得」可放在動詞或形容詞之後，引出表示可能的補語，強調行為動作的客觀可能性舉例如下。該書同時指出，此類動詞或形容詞多為單音節詞，且動詞以趨向式居多，否定用「不」，在形式上以「V 得/不 C」表示，。

表 38　可能補語標記「得」

趕<u>得</u>到	看<u>得</u>見	拿<u>得</u>出來
寫<u>得</u>完	打<u>得</u>死	衝<u>得</u>上去
進<u>得</u>去	出<u>得</u>來	洗<u>得</u>乾淨
刷<u>得</u>白		調查<u>得</u>清楚

　　值得一提的是，《現代漢語虛詞釋例》（2010: 135）提及「V 得 C」往往是兩可的（ambiguous），譬如「洗得乾淨」可理解為「能洗乾淨」或「洗得很乾淨」，後者表示程度或狀態。然而，其否定式就能排除這種歧異現象，如例（295）與例（296）所示。

（295）表示可能：洗<u>得</u>乾淨；洗<u>不</u>乾淨
（296）表示程度或狀態：洗得<u>乾淨</u>；洗得<u>不乾淨</u>

　　此外，侯學超（2004: 149-150）指出，「得」所構成的可能補語可細分為四類，其中兩類表潛能（potential）：（一）表示結果得以實現；（二）表示趨向得以實現，例句分如下。否定則將「得」換為「不」。

（297）看<u>得</u>清/看<u>不</u>清、修理<u>得</u>好/修理<u>不</u>好
（298）進<u>得</u>來/進<u>不</u>來、打<u>得</u>進來/打<u>不</u>進來

　　我們接著觀察華語教材中關於表可能的「得」。《視華》教材第二冊第九課（2008: 218-221）提及 V-得-RE 和 V-不-RE 此組肯定/否定結果補語潛在式（resultative compound potential form）。[10]該教材以「關得上」和「關不上」為例，說明此句型表示動作結果的可能或不可能達成，也就是前述之「V 得/不 C」。[11]該教材並將此句型對照於「關上了」和

---

10 RE 為 resultative ending 之縮略，表結果補語。
11 原文為 This pattern indicates the result of the action can or cannot be attained.

「沒關上」此組動作完成的補語形式。換句話說，「關得上」這種以「得」為中綴的句型具有潛在可能義，有別於加上「了」的「關上了」。對應的否定分別為「關不上」與「沒關上」，也是有差異的。以上簡列如下：

（299）結果補語潛在式：關得上；關不上
（300）動作完成補語：關上了；沒關上

　　《視華》教材也提出動作補語可為趨向複合詞、狀態動詞或功能動詞三類（Resultalive Endings（RE）can be directional compounds, stative verbs or functive verbs.）。[12]對照於前述侯學超的分類（即例（297）和（298）），顯然前兩類也可作為「V 得/不 C」的潛在式結果補語（即 C）。

　　我們首先看第一類，即趨向詞為補語。《視華》第二冊第九課的第二個語法點列出各類趨向詞與「得/不」的組合，如表 39 所示。我們也能從表中觀察到中文模態詞的位置與英文的詞序有所不同。在此，中文的模態意以中綴呈現，英文仍採動前模態詞（pre-verbal modals）。此點也是對外華語教學的議題之一。

---

12 趨向補語被編排在《視華》教材第二冊的第九課（頁數為 219-221），但後兩類者編在第十課（頁數為 242-246）。

表 39　趨向動詞為補語

動詞	潛能	趨向補語	英文對應		
上 下 進 出 過 回	得/不	來 去	can/ can't	come go	up down in out over back
起	得/不	來	can/can't	get	up
走 跑 拿 搬 開 etc.	得/不	上來/上去 下來/下去 進來/進去 出來/出去 過來/過去 回來/回去	can/ can't	walk run take move drive etc.	up here/ up there down here/ down there in here/ in there out here/ out there over here/ over there back here/ back there
站 拿 搬	得/不	起來	can/ can't	stand pick move	up
拿 搬 帶 開 etc.	得/不	走	can/ can't	take move carry drive etc.	away
關 包	得/不	上	can/ can't	close wrap	up
掛	得/不	上	can/ can't	hang	up
穿 戴 寫	得/不	上	can/ can't	put put write	on
開	得/不	開	can/ can't	open	

　　其次，在前述《視華》教材同冊第十課中（2008: 242-247）列出狀態動詞作為結果補語　（Stative Verbs Used as Resultative Endings）的用法。課本列舉了-清楚、-乾淨、-大、-高、-快、-對、-錯等狀態動詞，還包括「-好」與「-飽」。

例句如（301）與（302），分別為肯定和否定式。[13]

（301）這件衣服這麼髒，洗<u>得</u>乾淨嗎？
（302）她說話聲音太小，我常常聽<u>不</u>清楚。

　　第三類，亦即功能動詞（functive verbs）為結果補語的用法，出現在同冊教材的第十課中（2008: 243），這些補語包括：-見、-懂、-到、-著（zháo）、-完、-了（liǎo）與-動。例句如（303），我們造了例（304）以為對照。

（303）別把藥放在孩子<u>拿得到</u>的地方。
（304）請把藥放在孩子<u>拿不到</u>的地方。

　　該冊同課教材所列的例句，具有許多語法要點，譬如例（305）中有兩個不同用法的「到」，例（306）改為否定並非置換「得」為「不」，屬於另一種「得」的語法。

（305）從我家<u>到</u>學校，十分鐘<u>走不到</u>。
（306）我<u>沒想到</u>你的中文說<u>得</u>這麼好。

　　最後，再回到「V 得/不 C」可接之補語 C。我們發現《視

---

13 我們翻閱第二冊第九與第十課，由語法要點的次標題，推斷該教材所指功能動詞應為 action verbs，即行動動詞。這有別於語言學所使用之功能動詞，後者又稱輕動詞（light verbs），如「作」（…的處理），對照於英文的例子則為 make 或 do。

華》教材第二冊還列了助詞作為補語的用法（即第四類），僅列了「會」，如下（2008: 246）：

（307）每個人都學得<u>會</u>開車嗎？聽說有的人<u>學不會</u>。
（308）我學過游泳，可是我太緊張，所以<u>沒學會</u>。

　　從上述例句中，可清楚看出「V 得 C」的兩可現象。同時，不論是潛能或程度/狀態義，補語的種類都相當多樣。

二、「得」的允許義

　　延續前一單元關於「得」的可能性用法，侯學超（2004: 150）所指的後兩類「得」可能補語，我們認為可歸類為許可義，說明如下：

　　（一）表示情理上能否許可行為進行，或條件能否允許實現某種動作。否定加「不得」。特別注意的是，狀態動詞只有否定形式，如例（310）。我們可觀察到此型式為：V 得（否定：V 不得），與前面的「V 得/不 C」不同。

（309）這戲看<u>得</u>/這戲看<u>不得</u>
（310）身體有傷，動彈<u>不得</u>/*動彈<u>得</u>

　　（二）表示主客觀條件能否允許實現動作行為；用以估

計情況。否定將「得」換為「不」。這裡的型式是：V 得/
不了（音 liǎo），也與前面例（299）和表 39 所列的「V 得/
不 C」不同。

（311）我忘<u>得</u>了/我忘<u>不</u>了
（312）那把刀用<u>得</u>了五年/那把刀用<u>不</u>了五年

　　值得一提的是，第一類以「不得」為否定形式，對應於
肯定式「V 得」；其中，這裡的「得」與「不得」本身即為
補語，後邊不再添加補語。第二類以「了」作為補語，「V
不了」為其否定。《視華》教材提及「得/不」為中綴的用法，
後可接「了」為補語，表能力 ability 或完成 completion
（2008:245）。

　　本書第四章第五節曾考察「中文詞網」（黃居仁等 2010;
Huang et al. 2003）中台灣共通語關於「得」的否定式「不得」，
例句重複如下，以為參考。

（313）球賽中，一球可能是勝負關鍵，可說是絲毫大意<u>不得</u>。
（314）依據軍方的規定，記者<u>不得</u>透露軍事行動地點名稱。

　　比對第（一）種用法中的例（309）、（310）與「中文
詞網」的例（313）、（314），我們發現這些句子在語意上
仍有出入。例（309）中的「得」仍有值得之意。然而，例（313）、
（314）中的「不得」指的是不允准。

　　至於，為何《視華》教材與「中文詞網」此兩個在台灣

出版的材料中未見類似例（309）的用法？前段所述的兩類在使用上是否有區域差異？我們認為必須針對前述（一）與（二）用法作區域分析，方有可能得到解答。針對此點，我們留待後續研究再深入探討。

第七節　語言變遷

綜合前述分析，我們將「可能性的世界（the world of possibility）」所採用的模態詞，歸納如下：（一）認識義以模態詞「可能」為主，雖然「能」或「會」或可替換，但有區域使用差異；（二）「能」為表能力義的主要模態詞之一，「可以」有跨越至能力義的可能性。但「可以」與「能」的互通是有條件性的。（三）「可以」為表允許義的主要模態詞。（四）「會」則排除在與「可以」互通的範疇。

以下我們提出三個語言（結構）變遷（grammatical change）的議題作為本章總結。

一、多義的「會」

前面小節均提及模態詞跨越類型「兼差」的現象，在當代的共通語語料中也常見這些詞語的跨類或兼類現象。以下以「會」為例說明。如前所述，「會」具有能力模態義，可以動詞或模態詞呈現，如例（315）和例（316）所示。但「會」

同時也有可能實現義，如（317）。[14]

（315）我<u>會</u>客語。
（316）我<u>會</u>說客語。
（317）所有獨居的動物，一旦被迫和其他動物住在一起，精
　　　　神上<u>會</u>感受到極大的壓力。

　　這種預測義的「會」不能對應於英文的 *can*，英文 *will*
比較接近此模態義，如例（318）和（319）。有趣的是，根
據 Li（2003: 82），古英文的 *will* 也曾作為潛力，能力義使
用。如此推敲，我們認為「會」既可表能力，又可表意願，
似乎非漢語所獨有。

（318）他<u>會</u>當老師。He **will** be a teacher.
（319）他<u>會</u>上大學。He **will** attend college.

　　同時，「會」在主語為第一人稱時有意願義（volition），
如例（320）。現今有人用「會」表示過去之習慣，相當於英
語的 would，如例（321）。簡言之，不能將漢語的「會」理
解為完全等同於英文的 *can* 或 *will*。

（320）我<u>會</u>幫你的。
（321）以前我一回家<u>會</u>把電視打開。

---

14 例句（317）取自「中文詞網」。

二、變化中的「會」

周小兵等（2012:93）指出「會」的核心意義為可能性，可進一步區分為三類，如表 40 所示。

表 40　會的義項

會₁	能力	有完成某事的可能性 例：他很會下棋，但我不會。
會₂	意願/許諾	某事有確定發生的可能性。 例：你放心，我會好好地看著他的。
會₃	推測	經推斷某事有發生的可能性或按慣常某事有發生的可能性 例：看樣子會有大雨 例：一到陰天他的膝蓋就會痛

上表這些意思在前述各章節均已論述。然而，研究指出台灣共通語發展出一種可有可無的「會」句式（如：楊憶慈 2007：116；曾心怡 2003：115），如下：[15]

（322）只怕自己的命運和他們也（會）一樣。

（323）信仰是理念層次，這樣區分（會）較清楚。

（324）有時候我會覺得這種事不要知道也好。

（325）我會認為說這是一種利益交換。

曾心怡（2007：117）也指出台灣共通語的「會」因受閩

---

15 前兩句為楊的句子，後兩句為曾的例子。

南語之影響，形容詞前可用模態詞，如例（326）。楊憶慈舉
類似的例子，如例（327）。我們將例（326）改為例（328），
當中的「得」也表示可能，本章與前面的章節已討論過了。
在例（327）中，說者所要表達的是：我覺得（很）熱。

（326）這樣吃<u>會不會</u>飽？
（327）我（<u>會</u>）熱。
（328）這樣吃<u>得</u>飽嗎？

　　楊憶慈（2007：115）認為「會」如同「是」，可引導主
題，因此「會」和「是」可互換，包括疑問，如例（329）和
例（330），句中的「會」與「會不會」可分別用「是」與「是
不是」替代。我們認為這種「會」也表可能性 *would*，而疑
問式的「會不會」如同英語之 *Would it be...?* 句式。我們依此
推論前述曾心怡與楊憶慈所列許多關於「會」的例子，事實
上有即將（*be going to*）之義，然而本書暫不深入探究。

（329）只怕自己的命運和他們也<u>會</u>一樣。
（330）只是人真的都能如此無怨無悔嗎？<u>會不會</u>太理想了呢？

三、變化中的「能」

　　我們接著觀察「能」的新面貌。周小兵等（2012：95）
將「會」、「能」與「可以」的兼義製成表格，摘錄如下表：

表 41 「會」、「能」與「可以」的兼義比較

	內在施為功能		外在施為功能		推測功能
	能力	意願	條件/用途	許可	推斷
會	會（動詞）	會 1			會 2
能	能 1	**能 5**	能 2	能 3	能 4
可以	可以 1		可以 2	可以 3	**可以 4**

　　比較令人意外的是，表 41 所列「能 5」與「可以 4」的用法。除了前面所提的「會」，「能」也用以表達意願。「可以」可用在推斷，也相當特殊。然而，我們的詞彙庫（lexeme inventory）似乎沒有此項。

　　例（331）採集自實際的大學生語料，我們感覺此句雖不影響理解，但聽起來仍有些彆扭。筆者的語感是「能」讓人覺得「我有能力」，若將此句的「能」改為「可以」感覺較為通順。句中的模態詞若採用「可以」，表示具備某客觀條件。然而根據表 41，「能」可用以表達意願。這種真實語料也說明了母語人士在「能」與「可以」之間互換的可能性。

（331）同學若有任何問題，我<u>能</u>為各位解答。

　　語言變遷為自然現象。Collins（2009）認為美語有以 *may* 取代 *can* 做為義務類模態詞之趨勢。我們建議必須考察個別使用者的全面模態詞系統，並且進行規模性的田調研究，方能知道語言變遷的方向。最後，我們想提醒讀者，各世代與各區域都存在著語言變體（language variation），只有規範性的（prescriptive）與描述性的（descriptive）語言，沒有孰

好孰壞之別。語言使用的區域差異，除了語音與詞彙之外，還有其他層面，包括語法（如虛詞的選用與語序差異等）

　　回顧本章各章節，我們介紹了具知名度的華語教材關於模態詞（或能願動詞）的教學導引，我們也綜合了語法書關於可能性模態詞的解釋，同時納入了偏誤分析（error analysis）對於模態詞錯誤使用的產生原因。在二語習得者學習歷程中經常可發現他們將「會」、「能」和「可以」混用的現象。我們儘可能彙整可能性模態詞的文獻，希望能提供給華語教學相關專業人士與進階學習者一個較全面的觀點。

第六章 構詞分析

　　我們運用「搜文解字」（黃居仁等 2000；Huang 1999）底下之《漢語大字典》以及「中文詞網」（黃居仁等 2010; Huang et al. 2003）語料庫所提供的訊息，分析模態詞的語義及相關詞彙。以下僅分析「會」、「能」與「得」。

第一節　含「會」的詞彙

　　我們先回顧「會」的字義，再分析「會」在雙音節詞中的意義。

一、「會」的字義

　　《漢語大字典》列出關於「會」的字義共 28 條，涵蓋實詞與虛詞，但許多都已不存在於當代共通語口語層，以下我們只整理與本文較為相關者。根據字源分析，「會」的初義為蓋子，後引申為匯集義。當今仍沿用的實詞用法有動詞與名詞，見於多音節詞。表 42 為「會」的動詞用法，通常出現於雙音節詞，如：會面、體會；或固定用法，如：心領神會、

以文會友。表 43 整理「會」的名詞用法，字典提供的例子如
表所示。

表 42　「會」的動詞用法

字義	舉例
1.會合；聚合	
2.相遇；會面	
3.領悟；理解	如：體會；意會；心領神會。
4.對	如：會話。

表 43　「會」的名詞用法

字義	舉例
1.有一定目的的聚會或集會。	如：開會；辯論會；報告會；晚會；年會。
2.為一定目的成立的團體或組織。	如：工會；農會；學會。
3.大城市（通常指行政中心）；通衢要衝之地。	如：都會；省會。
4.時機；機會。	如：適逢其會。
5.民間一種小規模經濟互助形式。	

　　至於「會」作為虛詞，根據《漢語大字典》，「會」的
虛詞用法，以單獨一字出現，為模態詞，已虛化，無匯集之
語意。字義有二，如表 34 所示。其中所列第一種用法表能力，
第二種用法推敲應為「當需」，「會需」之意，然此二詞當
今口頭語已不採用。又，「會」表「有可能實現」，當代共
通語常用。《漢語大字典》同時提及「將要；將會」的用法，
由此推估「會」、「將」與「要」具有相關性。關於「將」
與「要」做為模態詞，不在本書的討論範疇。

表 44 「會」的模態詞用法

字　　意	舉　　例
1.能；熟習；擅長。	如：會英語；會游泳。
2.應當。又，將要；將會。表示有可能實現。	

二、含「會」的雙音節詞

　　由上可知，除了模態詞的虛詞用法之外，「會」蘊含在多音節詞彙中。以下我們將通過詞彙語料庫分析，探究「會」在當代共通語的實詞用法。[1]考察「中文詞網」，我們找出 169 例含「會」的雙音節詞，這裡只取詞頻高於 10 者做為分析對象。我們首先按「會」出現在詞首或詞尾，再按詞性區分，整理如表 45 所示。如表所示，以「會」為詞尾者（會～）佔總數七成以上，其餘三成為「～會」的組合。所有含有「會」的詞彙又以名詞居多，佔總數的 65%。

表 45　含「會」的雙音節詞詞條數

	會～	～會	小計
名詞	12	32	44 （65%）
動詞	7	13	20
副詞	0	4	4
小計	19 （27%）	49（73%）	
總計	68 　（100%）		

　　首先觀察以「會」為詞首（會～）的詞語。我們發現「會～」以名詞居多，其中五個為排名前 20 名含「會」的高頻詞。

---

1 按「搜文解字」下「搜詞尋字」的「造詞搜尋」功能所稱，「本系統中主要詞頻資料是以「中央研究院平衡語料庫」，代表現代國語的使用頻率。」

以下分別列舉其名詞與動詞用法。如表 46 所示，在名詞方面，除了詞頻序號 19、52 和 61 的會計（學科）、會兒（時間詞）、會話（交談）之外，餘例之「會」多與場所或聚集有關（如：會議、會場），或者是因聚集而產生的人事物（如：會員、會費）。

表 46　以「會」爲詞首的名詞列舉

詞頻序號	詞名	詞頻
3	會議	1612
5	會員	362
9	會長	239
15	會場	137
19	會計	97
27	會報	56
31	會所	40
41	會務	31
46	會費	22
49	會館	22
52	會兒	21
61	會話	16

　　動詞類的「會～」詞彙，如表 47 所示，語義也圍繞在多人聚會或見面從事某事。有些當代詞的古代意也可供各階段華語教學參考。譬如水流的匯集謂之「會同」。

表 47　以「會」爲詞首的動詞舉例

詞頻序號	詞名	詞　意	詞頻
14	會談	聚會商談	154
26	會同	古代諸侯朝見天子或互相聘問等事。 水流的匯集。 聯合、會合。	59

39	會合	聚集、相逢。 待用者得到投合的機會。 男女匹配。	34
42	會面	見面。	29
44	會晤	見面。	24
47	會商	共同商量。	22
58	會見	進見。 與人見面。 即將見到。	17

　　接著考察以「會」為詞尾的詞語（～會）。其中，名詞有 32 例，如：社會、機會。其中 12 個是名列前 20 名高頻詞，如表 48 所示。動詞類有 13 例，詳如表 49。其中「與會」和「開會」是前 20 名高頻詞。換言之，以「會」為詞尾的 45 例當中，共有 14 個詞條為語料庫中排名前 20 名雙音節含「會」的高頻詞。顯然以「會」為詞尾的詞（～會）使用頻率較高。

表 48　以「會」為詞尾的名詞舉例

詞頻序號	詞名	詞頻
1	社會	5282
2	機會	1850
4	大會	424
6	工會	344
7	奧會	267
8	國會	265
11	公會	207
13	學會	170
16	議會	127
17	部會	121
18	一會	110
20	晚會	83

　　就動詞而言，如表 49 所示，以「會」為詞尾的雙音節動詞可區分為三類複合詞型態。首先為動賓型複合詞，如詞頻序號 10、12、35、40 和 57 的「與會」、「開會」、「流會」、「入會」和「標會」，此「會」所指為聚集場所，雖未必為實體固定的場所；同時，有偏正型複合詞，如詞頻序號 29、51、56 和 68 的「拜會」、「相會」、「附會」和「再會」，這裡的「會」可能是會合或見面；最後，也有並列型的組合，如詞頻序號 24、54、55 和 62 的「理會」、「交會」、「領會」和「知會」，這裡的「會」表知曉或匯集。整體而言，以「會」為詞尾（～會）的雙音節動詞當中，「會」的字義比較多樣化。

表 49　以「會」為詞尾的動詞舉例

詞頻序號	詞名	詞　意	詞頻
10	與會	〈尚未取得詞意〉	234
12	開會	聚集眾人討論事項。	193
24	理會	道理相合，見解一致。 評理、理論。 料理、處置。 辦法、主意。 理解、領會。 關心、在意。	68
29	拜會	拜訪。	44
35	流會	會議因人數不足而無法舉行。	36
40	入會	加入團體組織。 參加民間的一種儲蓄組織。	32
51	相會	會面。	21
54	交會	聚集、會合。 交往、聚會。 交替、更替。 交配、性交。 奸詐、狡猾。 宋代紙幣交子和會子的合稱。	18

55	領會	領悟、理解。	18
56	附會	使文章之布置首尾一貫，文意嚴密。 牽強湊合。 依附會合。	18
57	標會	由會員共同組成的儲蓄會，定期集會，繳納會款，每次輪由付出最高利息的人取得該期儲金。可分內標與外標兩種方式。	17
62	知會	通知照會。	14
68	再會	再見、重相見，為臨別時的客套語。	10

三、教材中含「會」的詞

以上考察以「會」為詞尾及詞首的雙音節詞。透過高頻詞分析，我們發現「會」的字義在這些詞當中或有不同，除少數例之外（如：理會、領會），大抵不出匯集或相會之意。我們也找出《視華》教材裡所有含「會」的詞，包括：晚會、議會、會旗、社會主義、幸會、誤會、會意。其中，前四個為名詞，「社會主義」為專有名詞，當中的「會」均與聚集所形成的組織之語意有關；後三者為動詞，「幸會」為凝固詞，作為客套之詞，近似於英語之 *Nice to meet you*，而「誤會」與「會意」中的「會」可解釋為理解、知曉。

這些關於「會」的詞意在前面章節均已討論。中文學習者除了學習單一「會」的虛詞語法之外，也免不了要背誦含「會」的多音節詞，他們將來要面對的新詞也可能有「會」。因此，我們認為在教材或教法上若能適度說明各類「會」的意義及關連性，將有助於學習者觸類旁通，加速累積其詞彙量。正如同我們學習英語時，若能知曉一些拉丁或希臘字根，

在閱讀識字或背單字方面更能得心應手。

　　接下來的兩小節探索「能」與「得」的字義與詞彙，分析方式與本小節大致相同。

第二節　含「能」的詞彙

一、「能」的字義

　　《漢語大字典》所列關於漢字「能」的讀音有五個，在此僅取發音為 *néng* 的說明之。「能」讀音為 *néng* 的字義多達 17 條，同樣包含實詞與虛詞。「能」的本義據稱為像熊的野獸，進而引申為才能或技能。「能」的基本義整理如表 50 所示，均為實詞用法。

表 50　「能」的當代用法

字義	說　　　明
1.才能；技能	
2.能夠。	
3.能量。	度量物質運動的一種物理量，一般解釋為物質做功的能力。能的基本類型有：位能、動能、熱能、電能、光能、化學能和原子能。

　　上表第二義「能」做為能夠解，從字典的例句推敲應為「有能力勝任」，為動詞。

（332）「能」做為能夠解

　　能，任也。《廣雅・釋詁二》

　　乃罪多參在上，乃<u>能</u>責命于天？《書・西伯戡黎》

　　我<u>能</u>為君辟土地，充府庫。《孟子・告子下》

　　不救寡人，寡人弗<u>能</u>拔。《史記・田敬仲完世家》

　　司馬貞索隱：能，猶勝也。

　　以上當代義現存於雙音節詞居多，然而我們也不能因此而推斷「能」的古代義完全消失，因為「選賢與能」仍廣見於當代文體，以書面體居多，是固定用法（frozen expression）。這裡的「能」宜解釋為賢能或有才能之人。整體而言，上表所列為高能產性（high productivity）的詞語組成之基本元素，這些「能」也形成偏正結構，或有類似加綴的功能，如表 50 所列之「位能」、「動能」等詞。

　　「能」的虛詞用法，按《漢語大字典》，應為該字典所列第 14 條之「會有」，按該字典所提供例句及解釋，推估此「能」類似於今日之「可能」，屬於認識義模態詞。

（333）少壯<u>能</u>幾時？鬢髮各已蒼。（唐杜甫《贈衛八處士》）

（334）不知短髮<u>能</u>多少？一滴秋霖白一莖。（唐韓偓《秋霖夜憶家》）

（335）<u>能</u>幾番游？看花又是明年。（宋張炎《高陽臺・西湖春感》）

二、含「能」的雙音節詞

　　我們搜尋所有含「能」的雙音節詞，共得 78 筆，少於前一節所分析「會」的總數之一半。我們再就當中詞頻高於 10 以上者作為分析對象，共計 32 筆。之後先區分「能」出現於詞首（能～）或詞尾（～能），再分析其詞類，整理如表 51。

表 51　含「能」的雙音節詞條數

	能～	～能	合計
名詞	5	17	22
形容詞	1	3	4
副詞	1	5	6
小計	7	25	
總計	32		32

　　整體言，「能」的雙音節詞以名詞居多，以「能」為詞尾者（～能）佔多數。不論「能」出現在詞首或詞尾，意涵多為能力；「能」的名詞及形容詞用法也都以此義為核心。

　　我們首先看以「能」為詞首的詞語（能～），舉例如表 52 所示，詞頻高於 10 者僅七例。其中「能否」為疑問副詞，「能幹」為形容詞（字典列為不及物動詞），餘為名詞用法。「能」在名詞的雙音節詞中主要表能力，其中「能力」一詞位居最高詞頻。

表52　以「能」為詞首的詞語舉例

詞頻序號	詞名	詞性	詞頻
1	能力	名詞	1639
5	能源	名詞	252
6	能否	副詞	18
8	能量	名詞	11
15	能幹	不及物動詞	10
21	能指	名詞	18
24	能耐	名詞	16

　　接著，在「能」為詞尾的詞語（～能）中以名詞居多，佔 17 例，餘為形容詞及副詞。形容詞有三例：無能、萬能、全能，《詞彙網》歸類為不及物動詞。副詞共五例，如表 53 所示，其中除「可能」與「俾能」之外，餘為疑問副詞。前面兩詞條（可能、怎能）分居含「能」的雙音節高頻詞的第 3 及第 11 名。

表53　以「能」為詞尾的副詞舉例

詞頻序號	詞名	詞頻
3	可能	468
11	怎能	91
22	豈能	18
30	俾能	11
31	焉能	10

　　我們認為此處的副詞指的應為模態詞。上表「可能」與「俾能」應屬模態詞用法，而「焉能」、「怎能」、「豈能」等的疑問用法重點在前字（副詞），後字的「能」是模態詞，由於「能」經常與這些副詞緊鄰出現，遂凝結為固定詞。由

此可知，模態詞也有可能為雙音節，如「可能」，以及表 53 所列之凝固詞。

我們整理含「能」的雙音節詞當中詞頻最高的前 10 名，如表 54。「能」在詞首或詞尾分居一半，同時以名詞佔多數。「能力」與「功能」兩詞的出現頻率明顯高出其他許多。

表 54　含「能」的詞語前十高詞頻者

詞頻序號	詞名	詞性	詞頻
1	能力	名詞	1639
2	功能	名詞	1451
3	可能	副詞	486
4	性能	名詞	260
5	能源	名詞	252
6	能否	副詞	202
7	技能	名詞	141
8	能量	名詞	133
9	機能	名詞	132
10	潛能	名詞	125

整體言，「能」當虛詞使用具有動態能力義，與帶有「能」的多音節實詞之間的語意緊密度仍高。相較之下「會」的虛詞與實詞之間的語意相去甚遠。換言之，「會」做為模態詞的虛化程度更深。

三、教材中含「能」的詞

《視華》教材裡含「能」的詞，包括：可能、功能、核能、能源、能幹。其中，前兩者（可能、功能）與表 54 當中所列的高頻詞不謀而合。而核能、能源的「能」表示能量，

如表 50 第三列所示。能幹的「能」表示能力，為「能」字的核心意義。

第三節　含「得」的詞彙

一、「得」的字義

我們根據「中文詞網」（黃居仁等 2010; Huang et al. 2003）查詢所得，將「得」的單一字義依照詞類彙整如下。首先，「得」的及物動詞用法多達六種，英文也有對應的翻譯，如表 55，例句緊隨如下。

表 55 「得」的當代及物動詞義

意　義	英文對譯	例句
1.主事者原本不擁有的後述對象變成主事者的	get	（336）
2.特定疾病產生在特定生物體上	contract	（337）
3.接近或配合後述對象的預期	suit	（338）
4.在沒有預期下經歷後述情況	find	（339）
5.做完特定事件，達到目標	complete	（340）
6.在演算過程中計算出的結果是後述對象	get	（341）

（336）很多惡人在現世即得報應，償還罪惡。

（337）如果每天攝取的熱量太少，得流感的機率會升高。

（338）現在的高麗菜最好吃，正得時，蠻甘甜的！下火鍋更讚！

（339）偶而得閒，輕踩著柔軟的草地，聞著草香和泥土的芳

香，會讓人神馳物外有滌淨心靈的超脫！

（340）已經傳人畫圖樣去了，明日就<u>得</u>。

（341）第一個數加 1 <u>得</u>第二個數，再減 3 <u>得</u>第三個數。

「得」的不及物動詞有「滿足」義，如表 56、例（342）所示。名詞則援用動詞核心義：獲得，見表 57、例（343）。

表 56　「得」的當代不及物動詞用法

意義	英文對譯	例句
形容滿足預期的標準	satisfy	（342）

（342）金聲生性聰明，略說就明略學就會，賓主甚<u>得</u>。

表 57　「得」的當代名詞用法

意義	英文對譯	例句
主事者原本不擁有的後述對象變成主事者的	get	（343）

（343）任何時代，也必然會有<u>得</u>有失。站在不同的立場，有著不同的意見。

表 58 顯示「得」的副詞用法。「中文詞網」將表 58 所列的三類用法歸為副詞類，與我們的觀點不同。我們認為第一類的「得」應屬模態詞，例（344）和例（345）的「得」可置換為「可（以）」或「能（夠）」。第二類一般語法書多歸屬於介詞的用法，後接補語。例（346）至例（348）的

「得」分別標記程度、可能與結果。例（346）中的「藍得像海」形容藍色的程度。例（347）的「檔案還是可以救得回」意味著：檔案有救回來的「可能」。而例（348）「凍得發抖」的「發抖」為結果補語。這些「得」的用法在前面均已提及。其中，例（347）的「救得回」就是與可能性有關的 V 得 C 句式。

表 58　「得」的當代副詞用法

意　義	英文對譯	例句
1.表前述對象具有進行後述事件的條件	may	（344）～（345）
2.表特定動作的程度、結果或特質	無	（346）～（348）
3.時態標記。表事件的結束或完整性，置於動詞後	--	（349）～（350）

（344）自由貿易港區多種營運模式均得享營業稅零稅率。

（345）凡本校教職員工生皆得依本辦法向總館及各分館提出申請。

（346）村子裡的那一片藍樹林，藍得像海。

（347）就算是已經清空「資源回收桶」，檔案還是可以救得回。

（348）南極暴雨的情形增多，有時暴雨持續六天，小阿德利企鵝凍得發抖。

（349）在停車場安放好車子，下得車來，清新的空氣迎面而來。

（350）用得午餐，繼續向氣象站前進，大約一個小時抵，不敢歇息。

「中文詞網」將表 58 中的第三類用法列為時態標記，卻歸類在副詞底下。「得」在此當列為無實義的助詞。我們認為此類表完結的標記，除了這裡所列的「得」之外，還有「了」或「著」等。此看法並非僅來自筆者的語感。根據 Lien（2006: 56），得、著、到、見等字，在漢語方言均可作時相標記（phase marker）。我們察覺當中或有區域使用差異。譬如，對於多數的台灣讀者來說，例（349）與（350）的「得」可能以「了」來取代。朱景松（2007: 109）指出此類用法多見於早期白話。

二、含「得」的雙音節詞

我們搜尋「中文詞網」所有含「得」的雙音節詞，得到 165 筆。其中，「得」居詞尾者（～得）共 121 筆，居詞尾（～得）者共 43 筆，分佔 74%與 26%。前 100 筆資料的百分比分佈，大抵也為七比三。我們再就當中詞頻高於 10 以上者作為分析對象，共計 82 筆。之後先區分「得」出現於詞首（得～）或詞尾（～得）再分析其詞類，整理如表 59。

表 59　含「得」的雙音節詞條數

	得～	～得	合計
動詞	19	47	66
名詞	2	3	5
副詞	3	7	10
連接詞	--	1	1
小計	24	58	82
總計		82	

首先看以「得」為詞首的詞語（得～），如表 60 所示，詞頻高於 10 者有 24 例。其中動詞類的詞以動賓複合詞居多，當中之「得」幾為獲得之意。「得以」列為不及物動詞，應屬模態詞，表能夠。「得」在名詞中也表獲得，如「得主」、「得失」。

表 60　以「得」為詞首的詞語舉例

詞頻序號	詞名	詞性	詞頻
2	得到	及物動詞	1334
10	得以	副詞	293
15	得意	不及物動詞	151
17	得知	及物動詞	149
23	得主	名詞	88
24	得很	副詞	70
25	得獎	不及物動詞	62
26	得罪	及物動詞	60
27	得來	不及物動詞	58
30	得失	名詞	53
32	得多	副詞	48
38	得逞	不及物動詞	30
41	得力	不及物動詞	26
42	得宜	不及物動詞	25
44	得標	不及物動詞	24
45	得名	不及物動詞	24

以「得」為詞尾的詞語（～得）中動詞佔 19 例，餘為名詞及副詞，如表 59。我們先討論動詞。「～得」在《詞彙網》列為不及物動詞者有四個：值得、難得、自得，和了得；其中，「值得」之詞頻高達 957。

雙音節「～得」的詞當中作為及物動詞者，發音可分兩

類：二聲與輕聲。[2]在「得」讀為陽平調（俗稱第二聲，the second tone）之雙音節「～得」詞當中，共八筆為「得」為獲得或得到之意，如：獲得、贏得、求得；另有五筆的「得」為能力義，如：懂得、曉得、認得；而變得的「得」有結果義，進入更虛化的完結標記。

另外，在「得」讀為輕聲之雙音節「～得」詞當中，仍有多達十筆為「得」作為獲得或得到之意，如：購得、換得、尋得、獨得；其他為完結義，如：顯得、弄得、落得。這些在「得」的單獨字義中均已提及。

綜言之，「得」的詞彙義為獲得，帶有「得」的雙音節詞仍能看見詞彙核心義較濃者，如：獲得、得到。「得」的雙音節詞以「得」為詞尾之詞佔多數，並以動詞居多。值得一提的是，在「得」為詞尾的雙音節詞（～得）當中，「得」可能虛化為能力義（如：懂得、曉得）或標記完結（變得、顯得），表示「得」作為後綴的能產性較高。

至於「～得」作為副詞共有七例，整理如表 61。這裡的「得」又可分為三類：ㄉㄜˊ（dé）、ㄉㄟˇ（děi），以及輕聲的ㄉㄜˉ（de）。「不得」為前文所列之認識型情態詞，表禁止。「得」讀音為 děi 時，如：只得、非得、總得，屬於義務世界（the world of necessity）的模態詞，本書暫排除，不予討論。

---

2 發音按「中文詞網」的分類，在此僅作「得」的字義分析。

表 61 以「得」為詞尾的副詞

詞頻序號	詞名	注音	詞頻
18	來得	ㄌㄞˊ ㄉㄜ˙ lai2 de5	149
20	只得	ㄓˇ ㄉㄟˇ zhi3 dei2	100
36	非得	ㄈㄟ ㄉㄟˇ fei1 dei3	32
50	有得	ㄧㄡˇ ㄉㄜ˙ you3 de5	18
52	不得	ㄅㄨˋ ㄉㄜˊ bu4 de2	17
55	總得	ㄗㄨㄥˇ ㄉㄟˇ zong3 dei3	15
66	必得	ㄅㄧˋ ㄉㄟˇ bi4 dei3	11

　　整體而言，「得」出現在雙音節詞的詞首或詞尾，語意略有不同。「得」居詞首（得～）以獲得義居多；「得」居詞尾（～得）仍有獲得義，但也能觀察到虛化後的能力義及完結義。在構詞的組合當中，我們觀察到「得」從實到虛的用法，甚至也觀察到不同的發音。漢字「得」的語法化也涉及語音的變化（弱化），在此暫不談。

三、教材中含「得」的詞

　　《視華》教材裡所列包含「得」的詞，相較於前面兩節所討論的「會」與「能」，數量相對較多，包括雙音節的「記得、曉得、免得、難得、懶得、得意」、三音節的「恨不得、怨不得」，更有四音節的成語「得不償失」與「得心應手」。

按「得」出現於詞首或詞尾，可再區分為兩組，如表 62 所示。

表 62 《視華》教材中含「得」的詞

第一組	記得、曉得、免得、難得、懶得、恨不得、怨不得、贏得
第二組	得意、得到、得分、得不償失、得心應手

在第一組的詞當中，除了「贏得」的「得」可表獲得或完結，記得、曉得的「得」表可能，其餘的「得」較難分辨其意義，屬於凝固的單詞。然而，我們在討論詞彙組合時因有時間因素的涉入（指漢語的歷時演變），有時很難一眼斷定。譬如，完結源自「獲得」動詞實詞意之語法化結果，符合語言類型學的發展途徑，因此我們可說「贏得」的「得」可表獲得或完結。關於記得、曉得中「得」的語意，在第三章第七節考察「得」的語意，曾提及「得」的古代義之一為知曉，為實詞。這裡我們將「曉得」之「得」視為可能義，是虛化後的語意。而依據朱景松（2007）與張斌（2005）的說法，「曉得」兩字是無法拆解的。換句話說，此「得」又更為虛化了。前面提及語言變遷過程中的重新分析（reanalysis）現象，漢語中有許多雙字詞，由兩近義詞構組，也就是並列結構，語意變化中呈現一弱一強，通常是語意強者因另一字語意弱化而起。當然是否屬於並列，嚴格來說還是需要透過檢驗歷代材料才能確定。

至於第二組的「得」可作獲得解，其中「得意」與「得心應手」的「得」較難分辨，但「得」的獲得義在得到、得分、贏得等三個詞當中卻相當明顯。四字成語的「得不償失」，

在前面字源分析中，「得」相對於「失」的說法已經提及。
而「得心應手」為雙動賓結構，「得心」對稱於「應手」。

　　朱景松（2007: 108）與張斌（2005: 144）分別舉出包含
「得」的凝固詞，我們彙整如下以供讀者參考。

（351）懂得、記得、覺得、虧得、樂得、落得、免得、認得、
捨得、省得、顯得、值得、巴不得、怪不得、要不得、來得
及、對得起。

四、小　結

　　本章各節探究語料庫中「會」、「能」與「得」的詞語
組合，希望藉由高詞頻的詞語的分析，提供教學參酌，繼而
強化華語為外語的學習者之語言應用。

第七章　綜合練習

第一節　複合詞分解

請解釋以下複合詞中畫底線的字義。

解惑、知曉、曉以大義、心神領會、會車、聚會、能力、選賢與能、可愛、進可攻退可守、以茲借鏡、許可、得知、曉得、三人成虎、用人以能、用人不疑、使命必達、使用。

第二節　模態詞辨析

請找出各句中的模態詞，並說明其意義。

1.他很會演戲。

2.他能說流利的中文

3.這間屋子可以住四個人。

4.你可不可以寫你的名字？

5.只要認真讀下去，就能讀得懂

6.職業性的肺病，也會引發此症。

7.我能一個星期不睡覺，你成嗎？

8.此處不可隨地吐痰及丟棄垃圾。

9.八歲的時候，他就已經很會游泳了。

10.這些難道我們之間還用忌諱什麼嗎？

11.沒有鍵盤我照樣可以用電腦，你行嗎？

12.這孩子到現還不會說話，真令人擔心。

13.打少林拳有很多規定，不遵守不行。

14.我為什麼不可以決定我自己想吃什麼？

15.新科技的應用有時可能帶來負面的後果。

16.非常需要會德語和中文的人，做為溝通橋樑。

17.合於下列規定之一者，得免用或免開統一發票。

18.電影院門口裝設安全門，連手錶和手機都不能攜入。

19.依據軍方的規定，記者不得透露軍事行動地點名稱。

20.此飯店每日每人的食宿費用約美金 70 元左右，可預約。

21.人的一生，不可能都是喜和樂，哀和怒也是會出現的。

22.你若想要使歪腦筋，用你空門手段去盜藥可就找死了！

23.農藥可以快速見到成效，也就意味著可以快一些換得金錢。

24.制度的好壞只看它是否能夠正常運作，使社會更加和諧。

25.忍受不了兩地相思煎熬的苦痛，一天晚上，隻身搭車到善化一會情人。

26.一個整潔優美的環境才能培養出高尚的學術氣習與世界級的學術人才。

（以上資料來源：中文詞彙網路）

第三節　語料分析

第一部份：範例

請分析以下兩篇文章中劃線部份的模態義。

（一）嚴長壽：三分之二科系　不值得讀

發稿日期：2013/06/13

【中央社宜蘭13日電】

　　人智學教育基金會董事長嚴長壽今天說，國內大學有2/3科系不值得讀，面對國際網路學習開闊，大學應發展自己特色。

　　嚴長壽上午在冬山鄉慈心華德福教育實驗國民中小學，以「從宜蘭看台灣的永續發展」為題演講，發表對台灣的經濟發展與教育體制想法，並與宜蘭縣政府一級主管座談。

　　嚴長壽說，台灣教育必須面臨一個趨勢，那就是過去的填鴨式教學一定要走向啟發式教學，讓學生學習如何去探索問題、發掘問題與尋找答案。台灣過去的經濟主要是代工行業，也就是勞動者把「功課」死背做好，之後再去執行；但現在代工行業已轉移到其他工資低廉的國家，台灣現在能夠發展就是設計與文化，這些都要從教育深耕做起。

　　他也說，許多年青人都在臉書上發表自己的心情或照

片，靠著好友按「讚」，尋求自我感覺良好，這些在教育上都沒有正向指導的人，也沒有得到實質的教育。此外，國內大學也有 2/3 的科系不值得就讀。

　　嚴長壽事後面對媒體追問時說，台灣已面臨新的挑戰，因為現在國際網路學習非常開闊，其實未來的學生進入大學就讀時，就像進入一間書店，不一定為了學位把大學唸到結束，而是要萃取自己有興趣的相關知識，「這與我們看到哪一本書喜歡就去看，不一定要把書店內所有書全買下的道理一樣」。

　　他表示，當學生懂得萃取資料時，就會找到想學的東西，這是將來大學要面臨的挑戰，大學必須找出自己特色；若每所大學都往這個方向做，就可吸收全世界學生，屆時大學就可能變成重要教育產業。

　　王品集團董事長戴勝益提出「月薪低於新台幣 5 萬元，千萬不要儲蓄，應拿來拓展人際關係，累積資源」的說法。嚴長壽表示，現在年輕人不管每個月賺多少錢，最重要是要有一定的高度去看自己的未來，大膽外出社會嘗試與體驗未來，掌握到經驗與新方向，這些不是宅在家中或電腦前就可學習到；即使是沒有收入的工作，也可以找到人生歷練的經驗。

（二）企業進駐大學惹議　教育部：需符 3 用途

發稿日期：2015/07/16

【中央社台北 16 日電】

　　教育部研擬「高教創新轉型方案」，擬開放大學活化校內空間，供企業進駐使用，引爭議。教育部強調需符共同研發、實習訓練、新創事業 3 用途，並通過審核，並非讓學校賤賣校地。

　　少子女化使台灣高等教育面臨嚴峻危機，教育部因此研擬「高教創新轉型方案」，為大專另闢新路，但部分內容有爭議，高教工會便批評混淆了辦大學和辦企業的內涵，開放學校當「包租公」，賤賣校地讓企業登記，卻不受管制。

　　教育部高等教育司副司長朱俊彰表示，企業進駐大學有一定前提，包括<u>不能</u>影響到校務和教學進行，「<u>不能</u>說教學空間都不夠了，還拿來跟產業合作」。

　　朱俊彰指出，必須符合共同研發、實習訓練、新創事業等 3 個用途，才<u>能</u>讓企業進駐作公司登記，且校方必須就使用年限、權利義務等擬妥計畫，報請教育部審核通過才行，有一套完善的管理機制。

　　朱俊彰表示，推動「高教創新轉型方案」，目的在少子女化的壓力下，透過法律的鬆綁，讓大學校務經營<u>可以</u>更加靈活。大學服務的對象從學生，<u>可以</u>進一步拓展到社區、社

會和企業。

【前列文章業經財團法人中央通訊社授權使用】
文章僅供練習使用；內容不代表本書作者立場

第二部份：練習

　　請自行尋找一篇文章，找出會、能、可（以）、可能、
得等字，分析這些字在句中或語詞中的實詞義或模態義。有
興趣者，可進一步對照本書對於這些字之說明。

第八章　結　語

　　本書以可能性模態為主角，討論常見的漢語模態詞，如解、會、能、可、以、使、用、得、曉、行與成等字之共時呈現與歷時演變。在歷時過程中，這些字詞在句中出現的位置不僅限於動前還包括動後，有時是連動。在華語或當代其他漢語分支語言中，我們依舊能看見歷史的痕跡。有些字虛化為華語的常用模態詞，同時也表現在多音節的實詞中。

　　我們串聯字義分析、語法功能與構詞組合，期使讀者更清楚看見實詞與虛詞的演變關係。同時，希望能拋磚引玉，呼籲相關專業人士對詞彙與語法跨界面的關聯性投入更多關切，繼而納入語言應用層面，協助中文為外語學習者更有效擴充其詞彙量。

參考文獻

中　文

尹菀榕。2013。《情態動詞肯定與否定的不對稱》。臺灣師
　　範大學華語教學研究所碩士論文。

王力主編。2000。《王力古漢語詞典》。北京：中華書局。

北京大學中文系 1955, 1957 級語言班編。2010。《現代漢語
　　虛詞例釋》。北京：商務印書館。

朱景松主編。2007。《現代漢語虛詞詞典》。北京：語文出
　　版社。

何永清。2011。〈《論語》「以」字的用法探討〉。《臺北
　　市立教育大學學報》，第 42 卷第一期，1-24。

何樂士。1985。《古代漢語虛詞通釋》。北京：語文出版社。

呂叔湘。1999。《現代漢語八百詞》（增訂本）。北京：商
　　務印書館。

周小兵，朱其智，鄧小寧。2012。《外國人學漢語語法偏誤
　　研究》。北京：北京語言大學出版社。

侯學超編。2004。《現代漢語虛詞詞典》。北京：北京大學
　　出版社。

國立臺灣師範大學主編。2008。新版《實用視聽華語》系列。
　　新北市：正中書局。

張正雄。1999。《閩南語情態動詞初探》。臺灣師範大學華語文教學研究所碩士論文。

張斌主編。2005。《現代漢語虛詞詞典》。北京：商務印書館。（一版三刷）

張裕宏。2009。《TJ 台語白話小詞典》。台南：亞細亞國際傳播社。

陳玉華。1999。《漢語能願動詞「可以」之教學語法》。臺灣師範大學華語教學研究所碩士論文。

曾心怡。2003。《當代臺灣國語的句法結構》。臺灣師範大學華語文教學研究所碩士論文。

程美珍，李珠。2010。《漢語病句辨析 900 例》。台北：新學林出版股份有限公司。

黃育正。2007。《台灣閩南語情態動詞「會」及其衍生複合詞研究》。國立新竹教育大學台灣語言與語文教育研究所碩士論文。

黃居仁，謝舒凱，洪嘉馡，陳韵竹，蘇依莉，陳永祥，黃勝偉。2010。〈中文詞滙網絡：跨語言知識處理基礎架構的設計理念與實踐〉。《中文信息學報》，第 24 卷第 2 期，14-23。

黃居仁，羅鳳珠，鍾柏生，蕭慧君，李美齡，盧秋蓉，曹美琳。2000。〈「文國尋寶記」與「搜文解字」—為華語文教學設計的兩個數位博物館網站（Adventures in Wen-Land and SouWenJieZi: Two Digital Museums for Chinese Language Learning.）〉。第六屆世界華語文教學研討會。2000 年 12 月 27-30 日。台北，劍潭。

楊秀芳。2001。〈從漢語史觀點看「解」的音義和語法性質〉。《語言暨語言學》，第 2 卷第 2 期，261-297。

楊憶慈。2007。〈臺灣國語「會」的用法〉。《遠東通識學報》，第一期，109-122。

劉月華，潘文娛，故韡。2004。《實用現代漢語語法》。北京：商務印書館。

劉英享。2000。《東勢客家話情態詞研究—並以「愛」與「會」為例談語法化》。國立清華大學語言學研究所碩士論文。

劉麗琴。2003。《情態詞「會」的歷史演變》。靜宜大學中國文學研究所碩士論文。

英 文

Bybee, J. L., Perkins, R. D., & Pagliuca, W. 1994. *The evolution of grammar: Tense, aspect, and modality in the languages of the world.* Chicago: University of Chicago Press.

Coates, J. 1983. *The semantics of the modal auxiliaries.* London: Croom Helm.

Collins, P. 2009. *Modals and Quasi-modals in English.* Amsterdam and New York: Rodopi.

Cook, W. A. 1978. Semantic structures of the English modals. *TESOL Quarterly* 12.1:5-15.

Depraetere, I., & Reed, S. 2006. Mood and modality in English. *The handbook of English Linguistics*, eds. by B. Aarts, & A. McMahon, 269-288. MA: Blackwell.

Harris, A. C., & Campbell, L. 1995. *Historical syntax in cross-linguistic perspective.* Cambridge: Cambridge University Press.

Heine, B. 2002. On the role of context in grammaticalization. *New Reflections on Grammaticalization* [Typological Studies in Language 49], eds. by I. Wischer and G. Diewald, 83-101. Amsterdam and Philadelphia: John Benjamins.

Hofmann, T. R. 1976. Past tense replacement and the modal system. *Syntax and semantics 7: Notes from the linguistic underground*, ed. by J. D. McCawley, 85-100. New York: Academic Press.

Huang, Chu-Ren, Elanna I. J. Tseng, Dylan B. S. Tsai, Brian Murphy. 2003. Cross-lingual Portability of Semantic relations: Bootstrapping Chinese WordNet with English WordNet Relations. *Language and Linguistics* 4.3: 509-532.

Huang, Chu-Ren. 1999. Invited Keynote Speech. 'Multimedia Linguistic and Literary KnowledgeBase in a Digital Museum Environment: The Design and Content of SouWenJieZi. The Third International Conference on Multimedia Language Education (ROCLMELIA99), Kaohsiung, Taiwan. December 19, 1999.

Kratzer, A. 1978. *Semantik der rede.* Königstein: Scricripor.

Langacker, R. 1977. Syntactic reanalysis. *Mechanisms of*

syntactic change, ed. by C. N. Li, 57-139. Austin: University of Texas Press.

Li and Cheng. 1990. *A Practical Chinese Grammar for foreigners* (外國人實用漢語語法). Beijing: Beijing yuyan wenhua daxue chubanshe.

Li, C. N. and Thompson, S. A. 1981. *Mandarin Chinese: A functional reference grammar*. Berkeley: University of California Press.

Li, R. 2003. *Modality in English and Chinese: A typological perspective*. Doctoral dissertation, the University of Antwerp, Belgium.

Lien, C. 1997. Aspects of the evolution of tit （得） in Taiwan Soutehrn Min. *Studies on the history of Chinese syntax* [Project on the Linguistic Analysis], ed. by C. Sun, 167-190. Berkeley: University of California.

Lien, C. 2006. Verb Classification, Aktionsart and Constructions in Li Jing Ji（荔鏡記動詞分類和動相、格式）. *Language and Linguistics* 7.1:27-61.

Lightfoot, D. 1979. *Principles of diachronic syntax*. Cambridge and New York: Cambridge University Press.

Nuyts, J. 2005. The modal confusion: on terminology and the concepts behind it. *Modality: Studies in form and function*, eds. by A. Klinge, & H. H. Müller, 5-38. London: Equinox.

Nuyts, J. 2006. Modality: Overview and linguistic issues. *The expression of modality*, ed. by W. Frawley, 1-26. Berlin and New York: Mouton de Gruyter.

Oxford English Dictionary. 2012. Online version.

Palmer, F. 1974. *The English verbs*. London: Longman.

Palmer, F. 1986. *Mood and modality*. Cambridge: CUP.

Palmer, F. 1990. *Modality and the English modals*. London: Longman Group UK Limited.

Palmer, F. R. 2001. *Mood and modality* (2nd ed.). Cambridge, U.K.; New York: Cambridge University Press.

Portner, P. 2007. *What is meaning: Fundamentals of formal semantics*. MA: Blackwell.

Ross and Ma. 2006. *Modern Mandarin Chinese Grammar* (現代漢語實用語法). New York: Routledge.

Searle, J. R. 1983. *Intentionality: An essay in the philosophy of mind*. Cambridge: Cambridge University Press.

Sun, C. 1996. *Word-order change and grammaticalization in the history of Chinese*. CA: Stanford University Press.

van der Auwera, J., & Plungian, V. 1998. Modality's semantic map. *Linguistic Typology* 2.1:79-124.

語料庫資源
本書之完成受惠於以下語料庫資源，再度致謝。

中文詞彙網路：
　　http://cwn.ling.sinica.edu.tw
搜文解字：
　　http://words.sinica.edu.tw/sou/
《重編國語辭典修訂本》線上版：
　　http://dict.revised.moe.edu.tw/
《臺灣客家語常用詞辭典【試用版】》線上版：
　　http://hakka.dict.edu.tw/hakkadict/index.htm
《臺灣閩南語常用詞辭典》線上版：
　　http://twblg.dict.edu.tw/holodict_new/index.html